브라키오 저

웹소설 창작 수업

일러두기

- 책은 겹낫표(『』), 작품명은 홑낫표(「」), 영화와 드라마는 홑화살괄호(〈〉)로 표기했습니다.
- 이 책의 맞춤법과 외래어 표기는 국립국어원의 용례를 따랐으나 저자 고유의 글맛을 살리기 위해 일부 표기는 그대로 두었습니다.
- 업계에서 통용되는 용어는 그대로 사용했습니다.

추천사

전장에 뛰어들려는 전사에게 가장 필요한 것은 무엇일까? 창과 방패다. 새로운 도구, 최신의 아이템이면 더더욱 좋다. 웹소설, 웹툰, 드라마, 영화를 넘나드는 전천후 창작자, 웹소설 일타 강사 브라키오의 도구를 활용하시라. 스킬과 연출로 작가의 꿈을 이룰 수 있는 저 언덕 너머로 브라키오와 같이 가자!

– 영화감독 양윤호

웹소설 집필을 위해 고민하는 모두에게 등불이 되어줄 최고의 작법서.

– 한국만화스토리작가협회 회장 정기영

웹소설은 전혀 다른 우주다.
화성에 내린 지구인처럼, 이제 막 이 세계에 발을 디딘 이들은 생존의 기본인 호흡조차 불가능한 공간이다.

작가는 노련한 교관으로서 이민자들을 교육하고 격려한다.
웹소설은 새로운 가나안이고 신대륙이며, 무한한 금을 숨겨 둔 엘도라도라고.
지도 읽는 법과 물소 사냥법을 가르친다.

이제 낯설고 두렵던 이곳은 약속의 땅이 된다. 부와 명예를 얻을 수 있는
빛나는 코인이 이 책을 통해 채굴되기 때문이다.
웹소설에 대한 최고의 필드 매뉴얼이 도착했다.

– 팝 칼럼니스트 김태훈

반하는 순간 독자가 된다!

–『어게인 마이 라이프』 이해날 작가

프롤로그

"웹소설, 도전해 보고 싶은데,
용기가 없어 망설이고 계신가요?"

8년간 무명작가로 월 100만 원도 벌지 못하던 혹독한 생활을 거쳐 월 억대 수입의 스타 작가가 되기까지 제가 직접 부딪히며 경험한 웹소설의 모든 것을 이 책에 집약했습니다.

재능이 있어야 작가가 된다는 말은 이제 옛말입니다.
성공하는 웹소설의 비밀 코드만 잘 익힌다면 누구나 웹소설 작가가 될 수 있습니다.

나의 상상력이 웹소설이 되고 나아가 드라마, 영화, 게임 등 그 이상의 무언가로 만들어지는 일은 작가로서 굉장히 큰 즐거움입니다. 여러분도 머지않은 미래에 그 기쁨을 알게 될 겁니다.

제58회
大鐘賞
대종상영화제
브라키오 아카데미 | 힐 조
결혼적령기 무림교관

결혼적령기
무림교관
독고솔로 무협 소설

현재 카카오페이지에서 연재 중인 『결혼적령기 무림교관』은
웹소설에 뿌리를 두고 웹툰과 게임 등으로 가지를 뻗으며 많은 사랑을 받고 있습니다.

한때는 장르소설, 판타지, 인소(인터넷 소설)로 불리던 비주류 문화의 웹소설 시장은 근 몇 년 사이 비약적으로 커져 해외시장 진출을 통한 무한대의 성장 가능성을 보여주고 있습니다. 영역이 커진 만큼 작가로 도전할 수 있는 기회의 문도 많아졌습니다.

이 책은 흥행을 부르는 클리셰 활용법부터 돈이 되는 세계관 설정 노하우까지 웹소설 시장 안에서 강한 경쟁력을 가질 수 있는 모든 성공 전략을 꾹꾹 눌러 담았습니다. 이제 저와 함께 웹소설의 넓고 깊은 세계로 빠져볼까요?

2023년 1월
아카데미 작업실에서
브라키오

차 례

01

웹소설 들여다보기

웹소설,
시작 전 알아두기

웹소설의 시대

여러분은 웹소설에 대해 얼마나 알고 있나요? 웹소설의 태동기로 보는 2010년대 초반만 해도 웹소설은 '장르소설'과 '판타지 소설'로 불리며 특정 마니아에 의해 향유되는 문학이었습니다. 하지만 현재 웹소설은 남녀노소를 불문하고 모두에게 사랑받으며 문학계의 비주류를 넘어 그 영역을 점차 확대해 나가고 있습니다.

이렇게 된 데에는 여러 가지 이유가 있습니다만 크게 두 가지로 정리해 볼 수 있습니다. 먼저 첫 번째는 접근성입니다. 과거 도서대여점 시절에 누군가 내가 보고 싶은 책을 대여해가면 반납할 때까지 한없이 기다려야 했지만 이젠 스마트폰으로 언제 어디서나 소설을 마음껏 볼 수 있게 되었습니다. 이 편리성은 소설을 넘어 웹툰, 드라마, 영화, 비디오 플랫폼까지 엄청난 발전을 이루었으며 웹소설의 시장 규모는 과거보다 50배 이상 몸집을 키웠습니다.[1]

---

1 한국콘텐츠진흥원에 따르면 2013년 100억 원대에 불과했던 웹소설의 시장 규모는 2020년 6,000억 원까지 불어나 무서운 성장 속도를 보이고 있습니다.

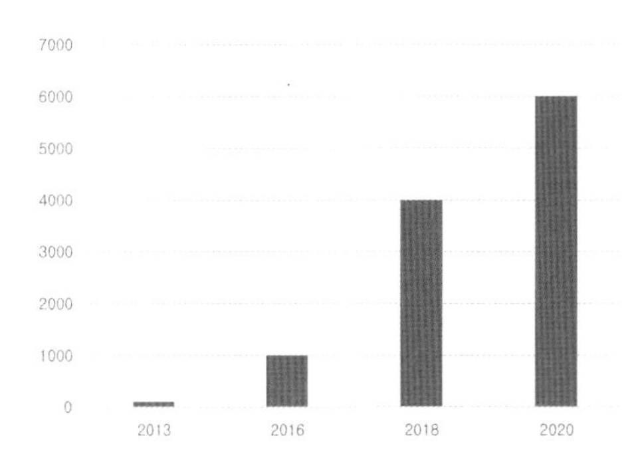

웹소설의 시장 규모(단위 : 억 원)
출처 : 한국콘텐츠진흥원

두 번째는 비용입니다. 전자책 서비스는 종이책을 제작하는 만큼의 비용이 들지 않습니다. 그저 작가가 글을 쓰면 그것을 유통하는 비용만 소모될 뿐입니다. 그래서 과거에는 큰돈을 들여 만든 작품이 흥행하지 못하면 출판사가 그 손해를 다 떠안아야 했습니다. 출판사는 리스크를 피하기 위해 더 까다롭게 작품을 고르고 점점 실험적인 글은 배제하게 되었습니다. 이렇다 보니 작가 개개인이 가진 톡톡 튀는 개성은 묻히고 천편일률적인 소위 '양판소'[2] 작품만 시장에 쏟아졌습니다.

2 **양판소** : 양산형 판타지 소설의 줄임말. 작가 개인의 개성이나 특색이 없는 정형화된 판타지 소설을 의미합니다.

그러나 안정성을 무기로 시장에 나온 양산형 판타지 소설은 자가 복제된 듯 비슷한 캐릭터와 이야기로 금방 독자들에게 외면받기 시작했고 지금은 독특한 상상력을 기반으로 한 참신한 작품들이 많은 사랑을 받는 시대가 왔습니다. 하루에도 수천 편의 작품이 웹소설 플랫폼에 연재되고 독자는 취향에 맞게 입맛대로 작품을 고를 수 있습니다.

웹소설의 포화 상태에서 독자에게 선택받고 싶다면 공부가 필요합니다. 시장이 커진 만큼 경쟁은 치열하고 작품의 수준도 나날이 상향되고 있습니다. 과거보다 분량도 늘어나 최소 분량을 맞추지 못하면 플랫폼의 이벤트나 프로모션도 기대할 수 없습니다.[3]

아무것도 모르고 달려드는 것보다 조금이라도 알고 전략적으로 시장에 진입하는 것이 작가로서의 성공 확률을 높여줍니다. 필력을 하루아침에 높일 수 없지만 다양한 작법 기술을 배워 글을 예쁘게 포장하는 법을 익힌다면 금세 일취월장할 수 있습니다.

---

3 웹소설의 제작과 유통 단계는 작가의 원고+표지+제작+유통(프로모션, 이벤트, 배너)으로 진행됩니다. 1티어 플랫폼은 도서 론칭과 동시에 마케팅을 진행하는데, 이때 프로모션과 이벤트를 얼마나 잘 받느냐에 따라 작품의 노출도가 달라지니 중요하게 확인할 사항입니다.

TIP

웹소설을 시작하는 마음가짐

- 웹소설은 반드시 시작부터 기존 순문학과 다르다고 생각해야 합니다.

- 웹소설은 예술의 영역이 아니라 철저한 지식적 유흥 콘텐츠입니다.
- 인문이나 철학보다는 순수한 재미에 집중합니다.
- 예술이 아닌 콘텐츠 크리에이터로서 접근합니다.
- 내 작품이 100원의 가치(상품성)가 있는가? 되뇌어봅니다.

독자를 사로잡는 요소

웹소설은 과거 종이책 시장처럼 책 '한 권'에 모든 이야기를 담지 않습니다. 전체 이야기를 '한 회'로 끊어 플랫폼에 업로드하기 때문에 독자의 관심을 얻기 위해서는 연출이 굉장히 중요합니다. 매주 업로드되는 이야기에 독자를 끌어당기는 구성 능력이 없다면 장기 연재는 어렵습니다. 종이책에 익숙한 기성작가분들이 웹소설 시장으로 넘어와 애를 먹는 것도 바로 이 때문입니다. 내일 아무리 재미있는 내용이 나온다고 예고해도 오늘 재미없으면 독자는 가차 없이 떠납니다. 그래서 어쩌면 독자를 애태우게 하는 '기다림의 연출'이 웹소설의 핵심이자 해답일지도 모릅니다.

작가의 글을 신뢰하고 두터운 팬덤이 형성되기 전까지 독자는 작품에 흥미를 잃으면 언제나 '그만 볼' 생각을 한다는 걸 기억하세요. 종이책은 마지막 페이지의 결말 부분만 집중하면 되지만 웹소설은 매 화의 결말 부분에 집중해야 합니다. 50화 웹소설이라면 곧 독자에게 50번의 '기다림'을 줘야 합니다. 그래야 독자는 끊임없이 다음 편을 찾아봅니다.

여기서 웹소설의 성공 코드가 나왔습니다. 바로 '기다림'입니다. 웹소설은 매번 독자에게 궁금증을 던져야 합니다. 유려한 문장 능력과 필력은 단숨에 끌어 올릴 순 없어도 기다림의 연출기법은 배우면 누구나 단기간에 해낼 수 있습니다. 모든 걸 스토리에만 쏟지 말고 상황 배치와 장면 연출, 대사의 활용에 신경을 써주세요. 작가가 고심해서 쓴 한 편의 작품을 재미없게 끝낸다면 독자는 다음 이야기를 볼 의욕이 사라집니다. 마지막에 던진 물음표를 발판 삼아 독자가 잘 넘어갈 수 있도록 해주세요.

장르와 플랫폼

플랫폼마다 이용하는 독자의 성별이 다르고 좋아하는 장르가 저마다 달라 우리는 독자의 성향을 정확히 파악하고 진입해야 합니다. 웹소설은 크게 여성향과 남성향 웹소설의 두 가지 카테고리로 나뉩니다. 여성향 웹소설의 경우 로맨스가 기반이 되고 남성향 웹소설의 경우 주인공의 성장을 기반으로 창작됩니다. 분량에서도 조금 차이를 보이는데 남성향 소설은 여성향 소설보다 장편이 더 많습니다. 작년 한 해 기본 250화 이상 연재가 남성향 소설의 최저 허들이었습니다. 여성향 소설은 장르마다 조금씩 차이가 있지만 현대 로맨스 배경이라면 50~75화(종이책 2권에서 3권)가 권장 기준이고 로맨스 판타지면 100~300화입니다. 다시 말해 짧은 웹소설도 최소 50화 이상은 써야 한다는 말입니다.

여성향 웹소설 : 로맨스가 기반이 되는 여성 독자가 선호하는 장르

남성향 웹소설 : 주인공의 성장을 기반으로 한 남주인공 독무대의 장르

작가도 쓰고 싶은 장르가 있고 연재를 희망하는 플랫폼이 있겠지만 내 소설을 아무 곳에나 서비스하면 돌이킬 수 없는 실수가 될 수도 있습니다. 남성향 플랫폼에서 로맨스 소설을 연재한다든지 반대로 여성향 플랫폼에서 무협 소설을 연재한다면 그만큼 성공 확률은 낮아집니다. 뭐 예부터 '잘 쓴 글은 어떻게든 팔린다'라는 법칙도 있지만 그래도 이왕이면 내가 쓴 글과 결이 잘 맞는 곳에서 연재하는 게 더 좋지 않을까요?

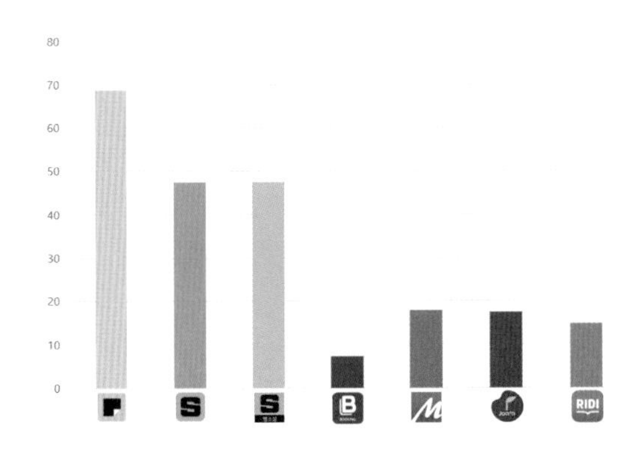

연재 가능한 다양한 웹소설 플랫폼(단위 : %)
출처 : 한국콘텐츠진흥원

네이버 시리즈 : 여성향과 남성향 둘 다 강세입니다. 다만, 1티어 플랫폼답게 경쟁이 아주 치열합니다. 만약 남성향 웹소설 연재를 생각 중이라면 문피아(남성향이 주력인 플랫폼)에서 시작하는 것을 추천합니다. 네이버가 문피아를 인수해 문피아에서 연재하면 네이버에도 함께 유통되고 있기 때문입니다.

카카오페이지 : 10~20대 젊은 독자가 많습니다. 남성향도 많지만, 여성향 작품이 더 우세를 보이고 있습니다. 연재보다 심사를 통과해 작품을 유통하고 싶은 작가들이 주로 선택합니다. 특히 카카오페이지는 카카오엔터테인먼트의 콘텐츠 계열사이기에 영상화(웹드라마, 드라마, 영화 등)를 염두에 두는 여성향 작품이라면 가장 먼저 문을 두드리는 플랫폼입니다.

리디북스 : 19금 작품의 성지입니다. 대기업보다도 훨씬 자유로운 여성향 19금 작품이 많습니다. 특히나 최근 BL(보이 러브) 시장의 무서운 성장으로 여성향 장르에선 경쟁도 꽤 치열합니다.

문피아 · 노벨피아 : 남성향이 주력인 연재 플랫폼입니다. 독자의 반응을 가장 빠르게 확인할 수 있어 남성향 작품의 집필을 생각 중이라면 도전해 보는 게 좋습니다. 신인 작가라면 보통 글자 수 제약이 없는 '자유 연재'로 시작하지만 '자유 연재'의 경우 금방 묻히기 쉽습니다. 이왕이면 75000자 이상 글을 써 '일반 연재'를 시작하는 것을 추천합니다.

조아라 · 포스타입 : 여성향이 주력인 연재 플랫폼입니다. 하지만 여성향 작품은 네이버, 카카오, 리디북스에 심사를 넣어서 각종 이벤트나 프로모션을 받고 유통하는 것이 정석입니다.

이상 웹소설의 대표 플랫폼 7곳을 살펴봤습니다. 플랫폼마다 인기 장르가 다르고 연재 방식도 조금씩 차이가 있습니다. 시작은 어렵지만 일단 굳게 마음먹었다면 절반은 성공한 겁니다. 나머지 절반은 완결까지 내 이야기를 잘 풀어가는 것입니다. 여기까지 도달하게 된다면 여러분도 이제 작가의 길로 진입한 겁니다.

TIP

웹소설의 서비스 구조[4]

웹소설이 어떻게 서비스되는지 간략하게 말씀드리겠습니다. 남성향 웹소설 기준으로 모든 웹소설은 1화에 5000글자 이상으로 유료 서비스 되며 편당 100원의 결제를 기준으로 25화는 과거 종이책 1권이 됩니다. 125000자가 1권이라고 생각하면 100화는 곧 4권 분량입니다. 이 개념을 꼭 알아야 하는 이유는 1티어 플랫폼의 론칭 기준이 최소 100화이기 때문입니다. 이조차도 권장이며 5권, 즉 125화를 론칭 기준으로 잡는 것이 일반적입니다.

IP와 OSMU

웹소설 작가가 되기로 결심하고 작품을 쓰다 보면 여러 경로를 통해 출판사 혹은 플랫폼과 계약하는 일이 발생하는데 이때 계약서에 자주 등장하는 것

4 작가로서 수익을 내려면 1회당 5000자 연재를 습관화해야 유료 연재로 전환할 수 있습니다. 유료 서비스 기준 하루 5000자씩 한 달에 종이책 1권으로 맞추는 것이 일반적입니다.

이 바로 'IP'와 'OSMU'입니다. 먼저 'IP'는 지식재산권(Intellectual Property)의 약자로 인간의 지적 창조물에 법이 부여한 권리입니다. 쉽게 말해 창작물에 대한 권리를 뜻합니다. 원작의 중요도는 과거와 비교할 수 없을 정도로 높은 가치를 지니게 되었고 작가는 작품에 대한 'IP'를 보유하여 저작권을 행사할 수 있습니다. 지금도 웹소설은 원작을 바탕으로 웹툰과 드라마 등 무수한 2차 창작이 진행 중인데 잘 만든 'IP' 하나가 상상도 못 할 수익을 내기도 합니다. 그래서 어느 때보다도 'IP'가 중요한 세상이 왔고 창작물이 있는 대한민국 국민이라면 누구나 'IP'를 가질 수 있는 사회가 구성되었습니다.

'IP'와 짝꿍처럼 따라다니는 'OSMU(One Source Multi-use)'는 원저작물로 2차, 3차 창작 등 무수히 많은 활용을 하는 것이라 생각하면 됩니다. 우리가 잘 아는 웹툰 역시 웹툰 이전에 소설이나 영화 원작이 있다면 그 작품은 OSMU입니다. 작년 인기리에 종영한 SBS 드라마 <어게인 마이 라이프> 역시 웹소설 원작이 따로 있으니 OSMU가 된 사례라고 말할 수 있습니다.

밀가루로 다양한 빵을 만드는 것처럼
OSMU도 원저작 하나로 다양한 콘텐츠를 생산합니다.

우리의 웹소설은 웹과 소설이 결합된 단순한 의미를 넘어 지식재산권의 가치를 지니고 세계로 확산되는 문화가 이뤄지고 있습니다. 이는 점점 더 가속화될 것이며 IP는 먼저 선점할 수록 좋습니다. 그러니 일단 도전하는 것이 가장 중요합니다. 아무리 좋은 아이디어나 스토리가 있어도 그것을 쓰지 않으면 다른 누군가의 손에서 작품이 탄생할 것입니다. 완벽할 필요도 없습니다. 처음에는 누구나 서투릅니다. 일단 IP만 확보되면 이후 수많은 관련 전문가가 나서 여러분의 작품을 빛내줄 것입니다.

웹소설 생태계

플랫폼과 선택

우리는 본격적인 집필에 앞서 내가 어떤 장르를 좋아하고 흥미를 느끼는지 점검해야 합니다.

남성향 소설은 퓨전, 판타지, 무협, 현대 판타지, 드라마, 스포츠, 대체 역사 등의 장르가 존재하고 더 세부적으로도 나눌 수 있지만 대표적인 카테고리는 플랫폼이 정한 기준에 따라 선별합니다. 여성향 소설은 로맨스가 중심이 되고 장르에 따라 현대 로맨스, 로맨스 판타지, BL, GL이 주력입니다. 배경과 시대만 바뀔 뿐이지 사극이나 SF 혹은 작가가 순수하게 창작한 허구 세계라 할지라도 '사랑'이 꼭 등장해야 합니다.

스포츠에도 축구, 야구, 농구, 골프 등 수많은 장르가 있듯 로맨스도 똑같습니다. 이걸 다 열거하려면 한 권의 책으로도 모자랍니다. 그래서 우리는 핵심만 알고 정하면 됩니다.

내가 '남성향을 쓸 것인가?', '여성향을 쓸 것인가?', 주인공이 '남성인가?', '여성인가?'에 맞춰서 플랫폼을 결정해야 합니다. 이 단계에서는 무작정 찾아보는 수밖에 없습니다. 앞에서 설명한 플랫폼들을 참고해 내 작품과 결이 잘 맞을 거 같은 사이트에 접속하세요. 해당 플랫폼에서 어느 장르가 잘나가고 1위 작품은 무엇인지 꼼꼼히 살펴봐야 합니다. 1티어 플랫폼은 모든 장르를 골고루 소화하지만 2티어로 가면 분위기가 조금 달라집니다. 어떤 플랫폼은 남성 독자가 월등히 많고 반대로 어떤 곳은 여성 독자가 다수를 차지하는 곳도 있습니다. 플랫폼의 명성만 보고 무턱대고 도전한다면 소중한 '나의' 작품이 독자에게 철저히 외면받을 수도 있다는 걸 잊어서는 안 됩니다.

플랫폼별로 인기 있는 장르와 독자의 성향을 파악해 선택하는 것이 중요합니다.

연재 주기와 정산

작가들은 하루에 보통 몇 편을 업로드할까요? 전업 작가라면 왠지 많은 글을 써서 여러 편을 올릴 거 같지만 대부분 하루에 1편씩 연재하고 있습니다. 간혹 어떤 작가는 하루에 2편 이상 연재하기도 하지만 흔한 경우는 아닙니다. 연재 주기는 작가의 능력껏 마음대로 정할 수 있으나 주 5회 이하는 권하지 않습니다. 독자가 하염없이 내 작품만 기다리고 있는 건 아니기 때문입니다. 자신의 상황을 고려해 적당한 연재 주기를 계산하고 웹소설을 업로드합시다.

이렇게 올라간 소설 1편은 평균 100원에 판매되고 그 수익은 플랫폼과 나누게 됩니다. 정산 방식은 회사마다 차이가 있지만[5] 보통 작가의 몫이 50~65%이고 나머지를 플랫폼이 가져갑니다. 만약 출판사에 소속되어 있다면 작가가 60~80%, 나머지 20~40%를 출판사가 배분하게 됩니다. 출판사에서는 표지, 유통, 편집, 정산 인건비가 소모되는데 작가에 따라 조금씩 비율을 바꾸기도 합니다.[6]

그럼, 소설 1편을 판매하면 작가에게 얼마나 떨어질까요? 산수에 뛰어난 분들은 눈치채셨겠지만 대략 30원에서 60원 정도의 순수익이 발생한다고 생각하면 됩니다. 만 명이 구매하면 1편에 30만 원에서 60만 원의 소득이 되고 독점 기간이 끝나 소설이 외부 플랫폼으로 판매되면 더 많은 수익이 발생됩

5 앞으로 내가 활동할 플랫폼의 정보에 관해 미리 알아두는 것이 좋습니다.

6 유명한 작가는 선인세에 따라 정산율을 90%까지 올리기도 하지만 일반적인 계약 조건은 아닙니다.

니다. 그러나 이건 단순 계산일 뿐 분량이 쌓이고 독자가 계속 유입되면 매출은 더 증가합니다. 오늘 연재한 것만 팔리는 게 아니라 새로 유입된 독자에 의해 이전 회차도 팔리기 때문이죠. 그래서 장편으로 갈수록 수입은 늘어나는 구조입니다. 만약 하루 2회씩 연재한다면 더 많은 매출을 기대할 수 있겠죠?

집필 전, 체크 사항

작가에게 돌아오는 수익 구조에 대해 알게 되었다면 현실적인 수입을 대략 정하고 가는 것이 좋습니다. 하루 천 명의 유료 독자를 확보했다고 치면 3만 원에서 6만 원의 수입이 발생하고 외부 유통[7]을 더하면 5만 원에서 12만 원 정도가 됩니다. 주 5일 연재한다고 가정하면 5만 원×20=100만 원입니다. 대략 1편이 연재됐을 때 최소 100만 원을 벌었다는 뜻입니다. 앞서 말했듯 독자가 새로 유입되고 이야기가 장편이 될수록 수입은 더 늘어납니다. 내가 전업 작가로 200만 원이 필요하다면 유료 구매자 이천 명을 확보해야 한다는 계산입니다.

물론 작품이 잘 되어서 하루에 수만 명이 유료 구매를 할 수도 있습니다. 그러나 처음부터 너무 큰 것을 노리면 실패했을 때 작가에게 오는 실망감은 이루 말할 수 없고 작품을 끝까지 끌고 갈 동력도 사라집니다. 한 편, 한 편씩

7 **외부 유통** : 최초 독점 연재 플랫폼에서 각 플랫폼의 독점 기준을 충족한 뒤 타 플랫폼으로 작품이 유통되는 걸 의미합니다. 예를 들어 카카오와의 독점 기간 만료 후 네이버로 유통 혹은 문피아 독점 기간 만료 후 카카오로 유통되는 걸 의미합니다.

작품이 쌓여가면서 성장해 나가는 것을 목표로 삼아야 하는 이유도 바로 그 것입니다. 내가 글만 써서 생계를 유지할지, 단순히 취미로 도전해 볼 것인지 곰곰이 생각해야 합니다. 간혹 처음부터 잘 되는 작품도 있으나 어차피 한 작품만 쓰고 끝낼 것이 아니라면 차기작에 대한 고민도 부지런히 해야 합니다.

웹소설 작가는 작품이 많을수록 수입도 늘게 됩니다. 전작이 흥행하지 못했어도 다음 작품이 성공하면 독자는 자연스레 작가의 이전 작품을 찾아봅니다. 이러한 레퍼토리로 구작도 꾸준히 팔려 나갑니다. 또한 완결된 지 오래된 작품이라 하더라도 일정 시기가 지나면 출판사에서 이벤트나 프로모션을 진행해 판매가 이어집니다. 그래서 출판사를 잘 선택해야 합니다. 만약 여러 가지 이유로 출판사 없이 단독으로 진행하고 싶다면 문제는 없지만 우리가 잘 아는 1티어라고 불리는 플랫폼에 들어가기 위해서는 출판사가 있어야 합니다. 1티어 플랫폼은 특수한 경우를 제외하고는 개인과 계약하지 않습니다. 플랫폼과 출판사 간의 계약을 진행해 1티어 플랫폼에 도전할 생각이라면 먼저 출판사를 선택하는 것이 중요합니다.

나는 1티어 플랫폼에 큰 관심이 없고 혼자 하는 게 편하다면 2티어 플랫폼에서 무료 연재로 경험을 쌓으면 됩니다. 2티어 플랫폼에서는 작가가 플랫폼과 직접 계약을 맺을 수 있어 출판사를 따로 정하지 않아도 됩니다.

출판사와 계약해 함께 하는 것과 혼자 하는 것에는 분명한 명암도 존재합니다. 어느 쪽이 더 나와 잘 맞을지 판단한 후 집필을 시작하세요.

TIP

출판사 vs 개인

[출판사]

1. 내 필력이 미숙해서 누군가의 도움이 절실하다.
2. 이것저것 부가적인 것에 신경 쓰기 싫고 글만 쓰는 게 좋다.
3. 카카오페이지 같은 1티어 플랫폼에 서비스하고 싶다.

위 3가지 항목 중 2가지 이상에 해당된다면 편집자가 있는 출판사가 좋습니다. 작가의 작품이 망하길 바라는 출판사는 어디에도 없습니다. 뒤에서 작가를 물심양면 도와 창작에만 집중할 수 있는 환경을 제공해 줍니다. 출판사와 계약은 신중하게 진행하길 바라며 보통 작가 70:30(%)로 체결(진행) 합니다.

[개인]

1. 나는 취미로 연습하고 싶다.
2. 돈보다 경험을 쌓고 싶다.
3. 작품을 끝까지 책임질 자신이 아직 없다.

이런 마음이라면 2티어 플랫폼에서 자유롭게 연재하면 됩니다. 2티어 플랫폼이라고 해서 수익률이 낮은 것은 절대 아닙니다. 이미 시장은 어느 수준에 도달하면 전업으로 살아갈 수 있을 만큼 커졌고 '글 쓰면 굶는다'는 인식은 바뀌었습니다. 각 플랫폼의 상위 작가들은 연간 억대 수입을 상회하고 있으며 2차, 3차 창작까지 진행된다면 수익은 곱절이 됩니다.

상생관계, 흐름을 타라

최근 웹소설을 원작으로 한 웹툰의 흥행에 출판사들은 원고 집필이 마무리되면 일찌감치 웹툰 제작사에 원고를 보내 웹툰화 작업을 진행하고 있습니다. 웹소설의 발전이 웹툰에 큰 영향을 미치고 있는 겁니다. 기존의 웹툰은 작가 혼자 그림을 그리고 스토리까지 신경 써야 했다면 웹소설의 웹툰화는 보증된 스토리를 그대로 가져와 그림만 그리면 되기에 작업이 훨씬 수월합니다. 한국의 웹툰이 세계 시장을 관통하고 있는 요즘, 시장이 커진만큼 많은 작품이 웹툰 콘텐츠로 변해가고 있습니다.

과거에는 연재가 끝난 흥행 작품을 선별해 웹툰화 했다면 지금은 소설 집필과 동시에 웹툰을 제작하고 있습니다. 웹툰 제작사에서 이렇게 서둘러 작업을 진행하는 이유는 해당 작품의 IP를 선점하는 것과 웹툰의 수익을 극대화화기 위함입니다. 웹툰은 플랫폼에 정식 서비스되려면 최소 6개월의 시간이 필요합니다. 이야기 전개에 필요한 핵심 장면을 추리고 채색화 작업까지 거쳐야 하는 과정이 많습니다. 그래서 같이 시작해야 웹소설이 완결되기 전에 웹툰이 론칭되어 웹소설과 웹툰이 함게 판매되는 이상적인 그림이 완성됩니다.

전체 흐름을 살펴보기 위해 자세히 말씀드렸지만 사실 처음 시작하는 작가는 웹툰은 차치하고 우선 웹소설에만 집중하는 것이 가장 좋습니다. 내 글의 장르를 확실히 정하고 그것을 어디에 서비스할지만 알아도 웹소설 연재의 첫 번째 관문을 넘은 것입니다. 여기서 유념할 점은 내가 잘하는 것과 좋아하는 것이 다를 수 있기에 최대한 작품을 많이 보고 습작해 봐야 한다는 것입니다. 필자 또한 무협 작가가 꿈이라 무협 장르에 불나방처럼 돌진했지만 현실과 꿈의 괴리는 컸습니다. 웹소설 작가로 살아갈 거라면 내가 어떤 장르에 소질이 있는지 파악하는 것이 필수입니다. 이건 뒤에서 더 자세히 다루겠습니다.

나는 무얼 써야 할까?

여성향이 목표인 초보 작가라면 처음부터 장편을 쓰는 것보다는 짧은 분량의 현대 로맨스나 사극으로 이야기 가닥을 잡아보는 것이 좋습니다. 남성향이라면 1부터 100까지 모두 만드는 것보다는 이미 어느 정도 만들어진 틀 안에서 스토리를 전개하는 게 편합니다. 대표적으로 직업물(오피스, 의학, 법)이나 스포츠, 대체 역사 장르는 틀이 확실하게 잡혀있어 처음 시작하기에 부담이 없습니다.

무엇보다 가장 중요한 것은 전 장르를 둘러보는 것입니다. 내가 진입할 시장의 길을 알고 가는 것과 모르고 가는 건 여러 측면에서 차이가 있습니다. 국어, 수학, 과학처럼 학문이 나뉘듯 우리 웹소설 생태계도 분명한 경계가 존재합니다. 하루만 투자해 웹소설 플랫폼을 두루두루 살펴보는 시간을 갖길 바랍니다.

장르에 대한,
오해와 이해

성향별 이해

우리가 서점에서 자주 마주치는 일반 소설은 독자의 성향과 세대 구분 없이 창작되어 다양한 층위에서 소비되고 있습니다. 하지만 웹소설은 다릅니다. 장르에 대한 선호가 분명하고 성별로 독자층이 나뉘기 때문에 독자의 대중적인 취향을 무시하고 작품을 집필하면 큰 낭패를 볼 수 있습니다.

예를 들어 주인공이 여자라고 주제가 반드시 사랑이라는 법은 없지만 웹소설의 범주에선 독자만이 기대하는 '로맨스'가 있습니다. 만약 내가 쓴 여성향 소설에 로맨스가 빠져있다면 진지하게 수정을 고민해 봐야 합니다. 왜냐하면 플랫폼 업로드 시 애매한 장르로 분류되어 독자와 만남의 기회를 잃을 수도 있습니다. 작가에게 독자의 무관심보다 무서운 건 없습니다. 이런 안타까운 일이 발생되지 않도록 웹소설의 성향을 확실히 파악하고 이해하는 시간을 가져보겠습니다.

여성향 웹소설의 대표 '로맨스'

로맨스 작품이 꾸준히 인기 있는 이유는 무엇일까요? 답은 어렵지 않게 찾을 수 있습니다. 우리는 모두 누군가와 사랑하기 때문입니다. 소설의 공감과 대중성은 다수가 경험한 이야기에서 출발합니다. 독자가 경험했다는 것은 작가가 상황을 따로 설명하지 않아도 자연스럽게 세계관이나 설정을 이해하고 받아들일 수 있다는 뜻입니다. 독자에게 거부감 없이 작품이 스며드는 것이죠. 이건 아주 중요한 포인트입니다. 가끔 작가 본인이 창조한 세계를 독자에게 이해시키기 위해 글로 설득해 나가는 작품도 있는데 글쓰기에 익숙하지 않은 입문자에게는 그 과정이 매우 힘들 수 있습니다. 그래서 여성향의 시작은 독자와 손쉽게 눈높이를 맞출 수 있는 로맨스가 좋습니다. 사랑은 누구나 하고 늘 바랍니다. 가족, 친구, 동료 등 모든 로맨스는 우리가 주변에서 흔히 겪는 것이기에 글을 쓸 때 부담스럽지 않습니다. 하지만 일반인의 평범한 연애는 재미가 없습니다. 일상에서 마주칠 수 없는 특별한 로맨스 이야기를 만들어 주세요.

여기 두 가지의 로맨스가 있습니다. 평범한 여주인공과 특별한 남주인공, 특별한 여주인공과 남주인공. 웹소설과 웹툰에 등장하는 모든 남주인공은 여성의 판타지를 충족해야 할 의무가 있습니다. 그래서 외형적으로도 호감형이어야 하며 여주인공을 위해서만 움직여야 합니다. 이것이 남성향과 다른 여성형 소설의 특징입니다. 세상이 여주인공을 힘들게 하고 주변 사람들이 다 괴롭혀도 오직 남주인공만은 여주인공을 위로하고 사랑하며 응원해야 합니다. 여성향 로맨스의 키 포인트 중 하나로 이 설정이 제대로 이뤄지지 않으면 독자는 갸우뚱하며 중도 하차해야 하는지 고민합니다.

여성향 장르의 클리셰, 깨거나 혹은 지키거나

평범한 여주인공이 특별한 남주인공(재벌 집 아들, 회사 CEO, 황제, 공작 등)을 만나 사랑을 이루는 설정은 그동안 많이 봐온 로맨스의 대표 클리셰입니다. 그래서 요즘에는 특별함을 위해 수동적인 여주인공 대신 능동적이며 당찬 여주인공을 자주 접하게 됩니다. 특별한 남주인공만 존재하던 소설에 특별한 여주인공이 더해지면서 극을 더 흥미진지하게 만듭니다. 가령 황제의 부인이 황제와 이혼한다고 가정하면 여기서 황제는 남주인공으로 고정이지만 여주인공을 누구로 설정하느냐에 따라 스토리는 180도 달라지는 것과 같습니다.

정리해 보면 여성향은 '나한테만' 잘해주는 남주인공이 반드시 존재해야 하며 최근에는 소설에 등장하는 남자 캐릭터 모두 여주인공을 사랑하는 형태로 발전하고 있습니다. 그러면 여주인공이 최종적으로 어떤 남자를 선택할지 모르기에 그 궁금증으로 끝까지 소설을 읽게 됩니다. 소설의 이야기는 변화하는 사회를 반영하며 진화하고 있습니다. 작가는 시대의 흐름에 맞춘 트렌디한 이야기로 독자에게 즐거움을 선사해야 합니다.

남성향 웹소설의 대표 '성장'

남성향 웹소설은 여성향 소설보다도 훨씬 더 압도적으로 장편을 요구합니다. 1화에 5000자가 모여 25화가 1권이라는 공식은 무조건 암기해야 합니다. 이렇게 250화를 쓰면 종이책 10권 정도가 되는데 이조차도 플랫폼 권장 분량에 못 미칩니다. 독자 역시 300화 미만의 남성향 소설은 '망작'이라는 인식을 갖게되어 갈수록 장편이 선호되니 300화 미만의 작품은 외면하는 독자도 생겼습니다(300화면 종이책으로 12권입니다. 1달에 1권씩 성실하게 써도 1년이 걸리는 분량입니다).

이렇게 장편으로 가려면 에피소드가 무한 생성되는 주제가 좋습니다. 단순한 사랑 이야기로는 계속해서 흥미진진한 이야기를 이어가기 어렵습니다. 그래서 우리는 성장으로 대응합니다.

'성장'이란 단어는 무한대에 가깝습니다. 주인공의 운명은 철저하게 작가의 손에 달려있으며 '성공' 역시 마찬가지입니다. 끝이 없기에 계속해서 쓸 수 있습니다. 예를 들어 '의학'과 '법'을 소재로 한 웹소설이 최장편 기록을 경신하는 것도 바로 이 때문입니다. 실제 판례나 의료기록 등을 바탕으로 허구를 섞어 에피소드를 마구 뽑아낼 수 있습니다. 사랑을 주제로 했다면 그 로맨스가 이뤄지는 순간 이야기는 절정을 치닫고 결말로 가지만 주인공의 '성공'과 '성장'에 주제를 맞추면 어느 방향이든 유연하게 확장할 수 있습니다. 단, 잘 가다가 옆길로 새면 안 됩니다. 축구를 했다면 축구에서 최고가 되어야지 갑자기 골프로 바뀌면 초반에 축구가 좋아서 유입된 독자들은 당혹감을 감출 수 없습니다.

남성향 장르의 성공 포인트

10년이란 시간을 지나오면서 웹소설은 무수히 많은 기록과 데이터를 축적했습니다. 그 자료들에 '남성향 소설은 왜 재미있을까?'란 질문을 던진다면 아마도 '승승장구하는 주인공의 모습이 독자를 대리만족시켜주기 때문입니다.'라는 답을 듣게 될지도 모릅니다. 주인공은 작가가 만든 세상에서 가장 사랑받아야 하고 구덩이에 떨어져도 떡이 나와야 합니다. 무협에서는 이것을 '기연'[8]이라고 부릅니다. 과거에는 주인공이 성장을 위해 무수한 역경과 고난을 경험했지만 이젠 속 시원한 '사이다' 전개를 독자가 더 선호합니다. 1권 내내 답답한 전개만 진행되면 어떤 독자가 좋아할까요? 숨이 막혀 소설을 읽는 것을 중단할 수 있습니다.

남성향 소설의 성공 포인트는 바로 이 '사이다'입니다. 현실에서 불합리하고 부조리하지만 개선되지 않았던 것들, 나는 못 했지만 누군가 용기 내서 해줬으면 하고 바라는 일들을 주인공이 대신해주는 겁니다.

주인공의 시점에서 소설을 읽는 독자들이 아주 진한 대리만족과 공감을 느

8 **기연 :** 무협 소설에 나오는 전개로 기묘한 연인이라는 개념. 이것을 거치고 나면 주인공의 무공이 일취월장하게 됩니다.

꼈다면 그 작품은 반 이상 성공한 것과 다름없습니다. 작가는 대리만족이나 공감만 잘 활용해도 독자의 사랑을 받을 수 있습니다.

독자를 홀리는 흑마법사

최근 남성향과 여성향을 통틀어 많이 쓰는 키워드가 있습니다. 바로 '갑질'입니다. 우리 사회에 만연한 이 갑질을 소설에 적절하게 사용한다면 시원한 '사이다' 장면을 만들 수 있습니다.

주인공이 선량한 인물에게 이유 없이 갑질한다면 보는 사람으로 하여금 불편한 감정을 유발하지만 못된 악당에게 갑질하면 통쾌한 웃음이 뿜어져 나옵니다. 똑같은 '갑질'의 상황을 그렸지만 독자는 캐릭터에 따라 각각 다르게 받아들이는 겁니다.

만약 여주인공이 30년 동안 나쁜 남편에게 눈치 보며 살다가 어떤 사건을 계기로 시원하게 갑질하면 비슷한 경험이 있는 독자들은 주인공의 행동에 쾌감을 느끼며 응원합니다. 하지만 '나쁜 남편'이 아니라 '착한 남편'에게 그러면 보는 사람은 눈살을 찌푸릴 겁니다.

내가 창조한 주인공이 독자에게 미움보다는 응원과 사랑받을 수 있도록 캐릭터를 그려줘야 합니다(주인공이 독자와 하나가 된다 생각해야 합니다). 설령 악한 주인공이라도 주인공이 나쁜놈이 될 수밖에 없었던 분명한 이유를 작품에 심어줘야 합니다. 그렇지 않으면 나쁜 놈이 나쁜 짓만 하다가 끝나는 소설로 전락합니다. 현실에서는 그런 사람들을 모두 감옥에 보내죠.

여주인공은 남주인공에게 듬뿍 사랑받아야 하며 남주인공은 세상 누구보다 멋있어야 합니다. 멋있다는 기준은 사람들마다 차이가 있겠지만 작품 속에서 등장하는 모든 상황과 에피소드는 남주인공을 멋있게 만들기 위해 존재합니다. 우리는 '반하는 순간'을 기억해야 합니다. 단순히 극중 인물에 국한되어 말하는 것이 아니라 작품을 보던 독자가 캐릭터에 '반할' 때 작품을 끝까지 봐야 하는 확실한 명분이 생기니까요. 우리는 독자를 홀리는 흑마법사가 되어야 합니다. 멋있지 않다면 어느 독자가 흠뻑 빠질까요? 보기 좋은 떡이 먹기도 좋습니다. 내 작품 속 캐릭터 하나하나가 모두 그 역할을 담당해야 합니다. 여주인공이라면 예쁘지는 않지만 사랑스럽게, 남주인공은 잘생기지 않아도 멋져야 합니다.

지금까지의 글을 정리하면 여성향과 남성향을 나누는 가장 큰 중심은 '주인공의 관심이 누구를 향하는가'입니다.

여성향 : 오직 '나한테만' 집중
남성향 : 오직 '나만' 집중

우리는 성향에 따라 달라지는 주인공의 관심 방향을 눈여겨보고 내 작품에 녹여내야 합니다. 독자가 웹소설을 읽는 가장 큰 이유는 주인공의 멋진 활약에 자신의 모습을 대입해 대리만족하기 위함이니까요.

나에게 맞는 장르 정하기

스타일 파악하기

앞에서 얘기한 것처럼 웹소설 시장은 성향별로 장르가 나뉘고 카테고리별로 섬세하게 세분화되어 왔습니다. '여러분은 특별히 선호하는 장르가 있나요?' 혹시 이 질문에 바로 답이 나오지 않았다면 책을 덮고 진지하게 고민해 보세요. 웹소설을 쓰기로 결심한 우리에게 중요한 것은 '내가 어떤 장르를 좋아하고 잘 쓸 수 있는지?'라는 물음에서부터 출발합니다.

내가 좋아하는 장르를 잘 쓴다는 보장은 없습니다.
스스로에게 질문을 던져 진지하게 고민해 보세요.

내가 잘하는 것과 좋아하는 것은 다를 수 있습니다. 로맨스가 아무리 좋아도 막상 써보면 생각한 대로 다 쓰지 못하고 뒤엎을 수도 있습니다. 그래서 하나의 장르에만 깊이 빠지지 말고 여러 장르를 골고루 경험해 봐야 합니다. 또한, 작가의 '성향'과 '성격'은 글에 많은 영향을 미치기도 하는데 본인이 내성적인 성격이라 소설은 현실과 다른 외향적인 성격의 캐릭터가 나오는 작품을 좋아한다면 그건 나의 취향이지 외향적인 캐릭터를 잘쓸 수 있는 특기라고 할 수 없습니다. 작가의 성향은 '잘하는 것'과 '좋아하는 것'을 구분하는 것이 먼저입니다.

실제 제가 강의하는 곳에 있는 예비 작가님들도 본인의 좋아하는 장르와 잘하는 장르가 다른 경우를 심심찮게 볼 수 있습니다. 이런 현상은 흥미롭게도 작가 생활이 길어질수록 더 뚜렷해지는 경향이 있습니다. 그래서 초기에 나의 장점을 빨리 파악해 성공 가능성을 높이는 것이 중요합니다. '한 우물만 판다'는 말을 들어본 적이 있을 겁니다. 한 분야에 집중적으로 매진한다는 의미인데 어떤 우물이 내가 파야 할 우물인지도 모르고 무작정 땅을 들쑤신다면 성공까지 도달하는 시간이 길어질 수도 있겠죠? 그러다 간혹 삽이 부러져 다시는 활동하지 못하는 동료 작가도 봤습니다.

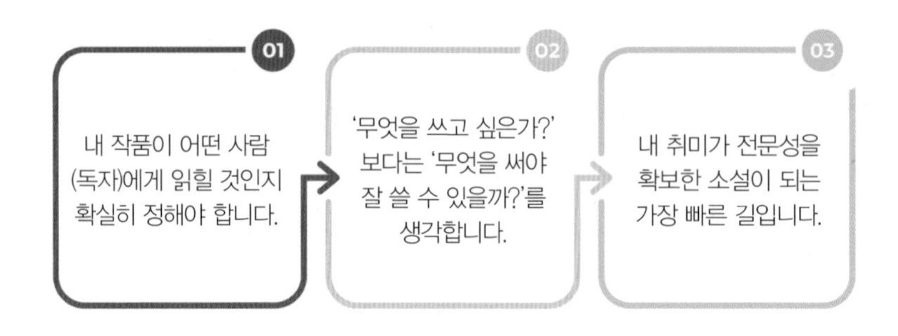

내가 로맨스를 좋아하는지, 장편과 맞는지, 1인칭과 3인칭 중에서 어느 시점을 더 잘 쓰는지와 같은 것들은 집필하기 전까지는 절대 모릅니다. '장르'는 웹소설의 첫 단추입니다. 처음부터 단추를 잘못 끼우면 아무리 노력해도 원점으로 돌아가기 어렵습니다. 유일한 방법이 있다면 다 채워진 단추를 풀어버리고 다시 끼우는 것이겠죠. 하지만 힘들게 완성한 작품을 버리기란 무척 어려운 일입니다. 그래서 처음부터 잘 잡고 구성해야 합니다.

소설을 처음 쓴다면 소재부터 먼저 정하고 플롯[9]을 만드는 경우가 많은데 '남성향인지, 여성향인지' 장르가 우선입니다. 장르는 추후 내가 어떤 플랫폼에서 활동할지 기준이 되기에 장르부터 결정한 후 생각한 소설의 소재가 적합한지 생각해 주세요.

9 **플롯** : 소설적 구성을 뜻함. 소설 전체를 아우르는 기승전결 혹은 메인 스토리.

집필 스타일과 연재 방식에 따른 장르

만약 본인이 완벽함을 추구한다면 소설의 모든 설정과 플롯을 정한 후 이야기가 상당히 진행됐을 때 작품을 연재하는 것이 좋습니다. 이런 경우 중단편 분량의 장르와 잘 맞습니다. 반대로 순발력이 좋아서 이야기를 즉흥적으로 다변화할 수 있고 플랫폼에 맞춰 플롯 변형이 가능하면 장편 분량의 이야기 장르와 적합합니다. 어느 것이 '옳고 그르다'라고 확실히 말할 수 없습니다. 본인의 집필 스타일에 맞게 선택하면 됩니다. 독자가 다양한 것처럼 작가 역시 여러 집필 스타일을 가지고 있습니다. 소설을 습작해 보며 자신의 스타일을 찾고 내가 어느 분량의 장르와 맞는지 알아야 합니다.

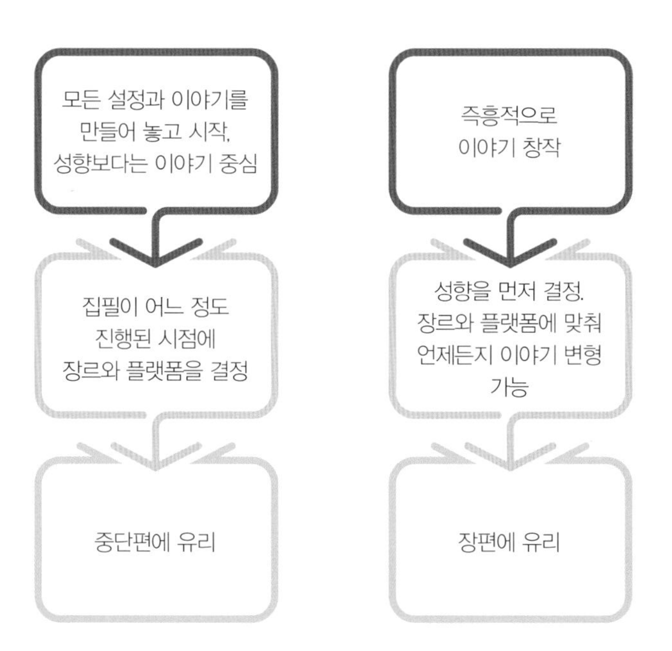

소설을 여러 편 습작해도 스타일과 장르에 대한 확신이 서지 않는다면 가끔 시장에 맡겨보는 것도 하나의 방법입니다. 5화 정도 소설을 업로드해 독자의 평가를 받아보는 겁니다. 독자보다 솔직한 평가를 말해 줄 사람은 없습니다. 그리고 그곳에 의외의 해답이 숨어 있을 수 있습니다.

다만 주의할 점은 내 문제점을 파악하고 성장하는 계기로 연재해야지 결코 자기비하에 빠지면 안 된다는 것입니다. 알다시피 온라인에는 별별 사람이 많습니다. 거기에 휘둘리지 않고 담담하게 마음을 갖는 자세가 필요합니다.

이와 별개로 간혹 구상한 스토리가 웹소설 카테고리 어디에도 맞지 않는 때도 있습니다. 대표적으로 SF 및 스릴러 형태의 작품이 그렇습니다. 웹툰이나 영화, 드라마로는 참 좋을 것 같은데 웹소설에서는 환영받지 못하는 장르입니다. 섣부르게 연재하는 것보다는 그런 작품은 습작으로 잘 보관해 추후 드라마나 영화 시나리오 공모전에 출품하는 게 유리합니다. 아니면 앞으로 새롭게 탄생할 플랫폼을 위해 준비하는 것도 좋습니다. 웹소설은 숏 노블(단편)이나 그래픽 노블(만화형 단편소설) 등의 형태로 탈바꿈을 시도하고 기존의 패턴에서 탈피를 원하는 독자도 늘고 있으니 지금보다 더 많은 기회가 찾아올 것입니다.

TIP

작가의 성향에 따른 연재 방식

- 글쓰기를 매일 실행하기보다는 상상만 하며 시간을 보낸다면 비축분을 만든 후 연재하는 것보다 초반부(5화)가 쌓이면 바로 연재에 돌입하는 게 좋습니다.
- 꼼꼼한 성격이라 부족한 부분을 독자에게 노출하기 꺼려진다면 자신이 만족할 때까지 다듬어 보고 1권 분량을 채워 네이버, 카카오, 리디북스와 같은 플랫폼에 심사를 넣어보는 걸 추천합니다. 보통 이런 성향의 작가님들은 완벽함을 추구하기에 악플에도 굉장히 예민하게 반응합니다. 그러니 더욱 철저한 대비로 중무장하는 것이 좋겠죠?

작품을 판매하는 작가

영화 <로미오와 줄리엣>을 아시나요? 셰익스피어의 원작 소설을 바탕으로 제작한 영화 작품 중 하나로 비극적 결말의 대표 영화로 손꼽힙니다. 1978년에 개봉해 꽤 오랜 시간이 흘렀지만 '비극' 하면 여전히 <로미오와 줄리엣> 영화를 언급하는 사람이 많습니다. 이런 비극적인 결말은 보는 이에게 진한 여운을 남기는데 웹소설에서는 지양하는 결말입니다. 우리는 콘텐츠를 만드는 창작자이며 더 많은 독자를 행복하게 해야 할 상인입니다. 내가 판 물건이 소비자의 기분을 나쁘게 하거나 슬프게 한다면 곤란하겠죠? 우리 웹소설 시장에서 성공하려면 보는 사람이 즐겁고 행복할 수 있는 소설을 만들어야 합니다. 미국 영화 시장에서는 오래전부터 내려오는 흥행 공식이 있습니다.

'아기와 강아지가 등장하면 망하지 않는다.'

소위 대박 영화의 수많은 데이터가 이 공식을 입증했습니다. 미국 문화권에서 아기와 강아지는 가장 사랑받는 존재이자 잠깐만 등장해도 긍정적인 효과를 주는 존재입니다. 작품을 보는 사람의 감정은 시시각각 변합니다. 독자가 흥미를 잃고 뒤로 가기 버튼을 터치하지 못하도록 '아기와 강아지' 같은 행복을 주는 완충재 역할을 웹소설에도 등장시켜야 합니다.

그러면 우리 웹소설에도 이런 감초 같은 요소가 있을까요? 물론입니다. 오히려 웹소설에 '아기와 강아지'보다 훨씬 더 자극적이고 막강한 코드가 많습니다. 그것은 때론 막장이란 단어로 불리기도 하고 클리셰라는 모습으로 찾아오기도 하는데 쉽게 말하면 그저 '모두가 바라는 장면'일 뿐입니다. 귀여운 아이가 방끗 웃는 장면을 보면 나도 모르게 입가에 흐뭇한 미소가 나오는 것처럼 우린 아주 오래도록 학습해온 정서가 있습니다. 그 정서를 작품에 녹여내는 게 작가의 역량입니다.

장르 편식은 그만

이제 좋아하는 장르를 빠르게 말할 수 있나요? 하루 중 내가 어떤 것에 가장 많은 생각을 하는지 나는 어떤 장르에 시간을 투자하고 있는지 관심을 두고 살펴본 결과입니다. 작가는 다양한 장르의 콘텐츠를 직접 접해봐야 하며 거기서 터득한 지식은 곧 무기가 됩니다. 아는 만큼 힘이 되고 재산이 되는 직업군이 바로 웹소설 작가입니다. 얇고 넓게 학습하되 필요할 때는 전문가 수

준으로 깊게 파고들어서 그럴듯하게 이야기를 만들면 그것이 또 새로운 장르가 될 수 있습니다.

- 남의 글을 보지 않고 내 글이 팔릴 것이라는 생각은 금물입니다.
- 나는 아무것도 안 보고 다른 사람들이 내 것을 봐주길 바라는 것은 이기심입니다.

이제 우리 웹소설은 전세계에서 주목하고 있습니다. 글로벌 OTT에서도 1위를 기록하며 온 세상 사람이 즐기고 국제영화제에서도 남우주연상, 감독상, 작품상도 휩쓸었습니다. 문학과 웹소설은 분명 다르지만 사람이 소비하는 '콘텐츠'의 영역에선 따로 생각할 수 없습니다. 내 머릿속의 개성과 대중의 눈높이에 시선을 맞출 때 여러분의 작품이 모두에게 사랑받게 될 것입니다.

TIP

장르에 대한 접근 방법

1. 웹소설의 장르는 주인공을 위한 '판' 입니다.
2. 주인공이 언제, 어디서, 어떻게, 무엇을 하느냐가 장르를 결정합니다.
3. 해당 장르에서 주인공이 누리는 성취와 보상은 무엇인지 생각해 봐야 합니다.
4. 이 밖에도 여러 장르에 대한 통찰을 기르기 위해 많은 작품을 봐야 합니다.

억대 인세의 첫걸음, 웹소설 용어

연독률 : 독자가 다음 편을 읽었는지 혹은 멈췄는지를 알 수 있는 지표. 1화를 100명이 읽었는데 2화를 50명이 봤다면 연독률은 50%가 되고 3화에 10명이 남았다면 전체적인 연독률은 10%가 됩니다. 최대한 많은 독자가 끝까지 글을 읽는 것이 무엇보다 중요합니다.

연참 : 선행 작품을 올린 지 24시간이 되기 전에 1편 이상 또 업로드하는 것을 말합니다. 3편 올리면 3연참, 4편 올리면 4연참입니다.

선독 : 하나의 유통 처를 정하고 다른 유통 처보다 먼저 작품을 독점해 출간하는 것입니다.

가독성 : 문장에 사족이 없고 막힘없이 잘 읽히는 글을 말합니다.

로판 : 로맨스 판타지의 줄임말. 중세 유럽을 기본 배경으로 하는 여성향 대표 장르입니다. 기본적으로 로맨스가 바탕이며 전문 지식이 따로 필요 없고 모든 것을 창조할 수 있기에 가장 많은 작가가 쉽게 도전하는 장르입니다. 여성 독자가 주류입니다.

현로 : 현대 로맨스의 줄임말입니다. 저작 시기와 동일한 시대상을 그리며 주인공에게 시대상을 반영하기도 합니다. 약간의 판타지 요소도 가미되지만, 전혀 없는 경우도 많습니다.

판무 : 판타지와 무협의 합성어. 남성 독자가 주류이며, 최근에는 현대를 배경으로 한 판타지 장르나 전문직 주인공인 남성향의 전반적인 경우도 포괄해 판무라 칭합니다.

BL · GL : 보이 러브 · 걸스 러브의 줄임말입니다. 동성 간의 사랑을 그리며 수위가 높아 19금인 경우가 많습니다.

IP : 지식재산권의 줄임말입니다. 웹소설이 유료화되어 서비스될 때 내 작품에 대한 권리입니다.

고구마 : 전개가 답답하게 흘러갈 때 사용하는 은어입니다.

사이다 : 고구마와 반대로 시원함을 주는 전개에 사용합니다.

별테 : 별점 테러의 줄임말로 특정 플랫폼에서 사용하는 별점 기능을 이용해 작품의 평가를 의도적으로 깎아내리는 걸 말합니다.

선작 · 관작 : 플랫폼의 즐겨찾기 기능을 뜻합니다. 플랫폼별로 이름에 차이가 있으며 선작은 선호 작품, 관작은 관심 작품의 줄임말입니다.

라노벨 : 라이트노벨의 줄임말로 일본에서 유행하는 장르소설의 분위기를 품은 작품을 뜻합니다.

먼치킨 : 처음부터 모든 능력을 다 갖추고 있는 주인공이나 등장인물을 말합니다. 능력이나 힘, 세계관 내에서 최강자를 뜻하기도 합니다.

밀리터리 덕후(밀덕) : 군사적 지식이나 활용에 심취한 부류입니다.

02

•

필승 전략 갖추기

돈 되는 세계관 설정

익숙하거나 참신하거나

웹소설에서 세계관을 구성할 때 보통 두 가지 방법을 많이 이용합니다. 첫 번째는 나만의 특별한 세계관에 극을 전개하는 것이고 두 번째는 평범하고 익숙한 세계관에 특별함을 첨가하는 것입니다. 두 세계관 모두 장단점이 있지만 초보 작가라면 두 번째 방법을 사용하는 것이 좋습니다. 괜히 돋보이고 싶어서 독창적인 것을 시도했다가 이야기가 산으로 가고 부진한 성적을 기록해 조기 완결되는 작품을 많이 봤습니다. 그래서 처음일수록 오랜 시간 검증된 안전한 세계관에 나만의 특별함을 첨가하는 것으로 가야 합니다. 예를 들어 중세 유럽, 현대 로맨스와 같은 것들을 말합니다. 남성향도 마찬가지입니다. 이미 장르화된 세계관은 기본적으로 독자가 배경에 대한 정보를 다 알고 있어 따로 설명할 필요 없이 접근하기 쉽습니다.

익숙하다는 것은 그만큼 안전하다는 것과 같습니다. 인간은 새로운 길을 가거나 낯선 환경에 진입하면 본능적으로 불안함을 느낍니다. 이건 소설에서도 마찬가지입니다. 독자가 선호하는 주류 장르를 선택해야 하는 이유 역시 이 때문입니다. 그렇다고 판에 박힌 뻔한 설정을 답습하라는 얘기가 아닙니다. 내 캐릭터가 특별하다면 아무리 익숙한 세계관에 들어간다고 해도 스토리는 다를 수밖에 없습니다.

실제로 소설 주인공의 직업이 '의사'인 작품은 무수히 많습니다. 그러나 지금까지 중복되는 이야기를 본 적이 없을 겁니다. 작가가 캐릭터라는 양념을 첨가했기 때문이죠. 조폭 의사, 싸이코 의사 등 의사라는 직업에 매운맛 혹은 달콤한 맛의 시즈닝을 뿌린 겁니다. 의사로 주인공의 직업을 설정해 주니 작가는 독자에게 직업에 대해 따로 설명할 필요도 없습니다. 그러니 이제 할 일은 세계관에 특별함만 더해주면 됩니다.

세계관에 특별함을 주는 장치는 여러 개가 있는데 가장 쉬운 방법은 타임루프입니다. 의사는 꼭 현대에만 있어야 하는 법도 없으니 조선으로 가서 의술을 펼쳐도 되고 중세로 넘어가거나 이계로 가도 됩니다. 현대에서는 당연한 것이 다른 차원에서는 특별해지는 마법을 부릴 수 있습니다.

보고 싶어 하는 이야기를 찾아라

돈 되는 세계관의 출발은 '내 작품이 2차 창작으로 갈 수 있는가?'라는 물음에서 시작합니다. 2차 창작은 뒤에서 더 자세히 다루지만 우선, 웹툰이나 드라마로 쉽게 제작할 수 있는 세계관은 그만큼 유리한 출발 선상에 놓입니다. 물론 소설 자체로 대박이 나면 더할 나위 없이 좋지만 모든 소설이 그런 혜택을 누릴 수 있는 게 아닙니다. 성적은 저조하지만 이왕이면 내가 공들여 쓴 작품이 웹툰이 되고 드라마가 되어 더 많은 사람에게 사랑받는 것이 좋겠죠?

의사뿐만 아니라 변호사, 검사와 같은 전문 직업을 가진 주인공이 등장하는 요인도 바로 흥행에 있습니다. 직업에 서열을 나누려는 것이 아닙니다. 우리는 재미있는 소설을 집필해야 하고 이왕이면 주인공이 돋보이는 직업군을 설정하는 게 좋습니다. 경찰이 되어 악당을 벌하는 내용도 좋고 낮에는 평범한 변호사이지만 밤에는 자경단이 되어 도시의 악당을 응징하는 내용도 좋습니다. 대중이 보고 싶어 하는 이야기가 바로 돈이 되는 세계관이라 할 수 있습니다.

때로는 필력이나 소재만으로 대박 나는 경우도 있지만 그런 작품은 1년에 한두 편 나오기도 어렵습니다. 매년 수만 편의 웹소설이 쏟아지는데 이렇게 바늘구멍 뚫기보다 어려운 확률에 의지하는 건 시간 소모일 뿐입니다. 이제는 더 효과적이고 영리하게 접근해야 합니다. 내가 쓴 글에 독자를 맞추는 것이 아니라 독자가 좋아하는 스타일에 내가 글을 맞춰 쓸 수 있어야 합니다. 그것이 콘텐츠를 창작하는 사람의 자세입니다.

독자를 부르는 장르 설정

방송 콘텐츠에도 뚜렷한 카테고리가 나뉘어 있는 것처럼 작가 역시 이런 부분을 정확히 인지하고 접근해야 합니다. 뉴스로 시작한 방송이 갑자기 예능이 되고 다큐멘터리로 마무리된다면 정체성이 모호해질 수밖에 없겠죠.

플랫폼은 웹소설의 세계관을 기준으로 장르를 분류했고 그 장르는 곧 웹소설 시장을 형성했습니다. 2020년 기준으로 로맨스 46.7%, 판타지 20%, 무협 6.7% 순으로 작품을 차지하고 있으며 비주류 시장이 나머지 10%를 차지하고 있습니다. 통계 결과만 봐도 돈 되는 세계관은 무엇인지 대략 답이 나옵니다.

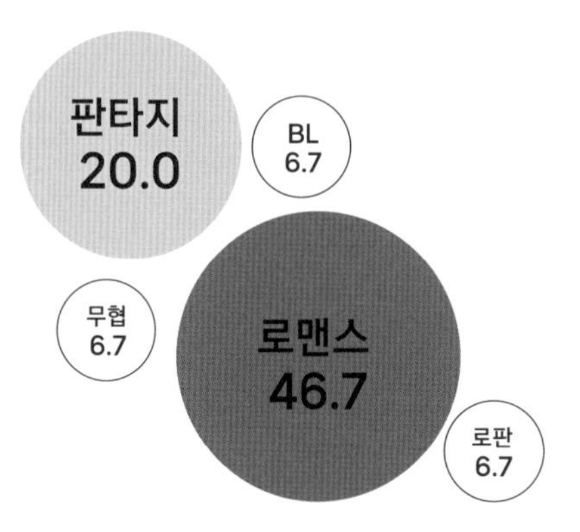

플랫폼 카테고리에 따른 분류(단위 : %)
출처 : 한국콘텐츠진흥원

우리가 이렇게 돈이 되는 요소를 챙기고 작품에 녹여내야 하는 건 소설이 팔린 만큼 작가의 수익으로 연결되기 때문입니다. 정산 비율이 70% 가까이 되는 웹소설은 판매율이 높을수록 큰 수익을 올리는 겁니다. 1회당 100원짜리라도 백만 명이 본다면 1억 원이라는 뜻입니다.

세계관을 만드는 것은 무척이나 고된 작업입니다. 독자는 늘 새로운 것에 갈증을 느끼고 작가는 특별한 세계관을 작업하는데 매번 골머리를 앓습니다. 개연성을 챙기고 장르에 따라선 고증도 필요하기 때문입니다. 그러나 너무 복잡하게 생각하지 마세요. 독자가 원하는 세계관은 다수가 보고 싶어 하던 설정에서부터 시작하고 그 안에서 나만의 캐릭터와 배경을 얼마나 톡톡 튀게 가닥을 잡느냐입니다.

독자 대리만족 심기

주인공을 통해 경험하는 환상 세계

웹소설에 관심 있는 사람이라면 자주 들어본 단어입니다. 저는 이것을 '인정 욕구'라고 말하는데 사람은 본능적으로 가족, 친구, 사회, 문화적으로 인정받길 원합니다. 아이가 자라면서 부모님이나 선생님께 칭찬받길 원하는 것과 같은 이치이며 이것을 주인공으로 대신 보여주는 것이 우리의 웹소설입니다. 칭찬은 고래도 춤추게 한다죠? 우리 주인공도 그렇습니다. 그런데 웹소설에서는 주인공만 춤추는 게 아니라 독자도 같이 호응해야 합니다.

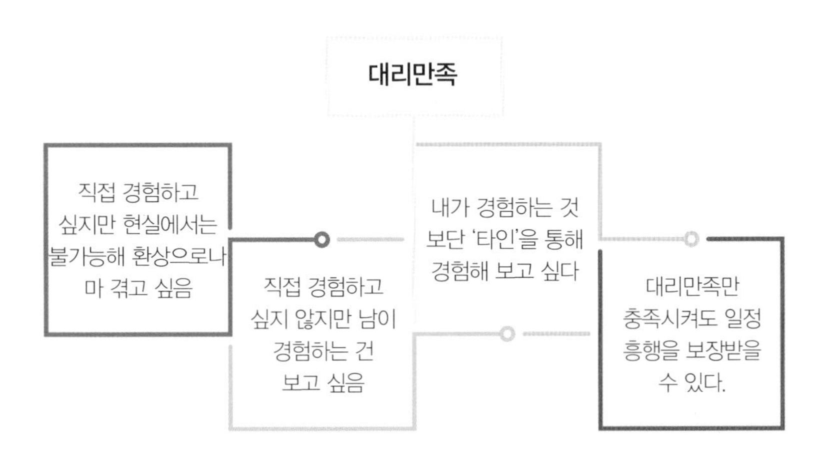

성공한 소설을 잘 살펴보면 아주 중요한 요소가 숨어 있습니다. 그건 바로 '주인공이 누군가에게 인정받는 장면'을 훌륭하게 연출한 겁니다. 소설 속 인물이 다른 대상에게 인정받는다는 건 주인공에게 주는 '보상'과도 같습니다. 목숨을 걸고 중심 사건을 해결하거나 힘겹게 사랑을 쟁취했을 때 작가는 스스로 충분히 만족할만한 장면을 그려줘야 합니다. 그렇지 않으면 주인공의 성공과 행복을 기다렸던 독자는 실망감을 표출하고 해당 작품을 더 볼 이유가 없어집니다.

우리는 독자에게 재미있는 이야기를 들려주어야 하는 사람입니다. 웹소설의 핵심은 대리만족과 공감, 재미이며 이 세 가지가 웹소설 흥행에 결정적인 영향을 미칩니다.

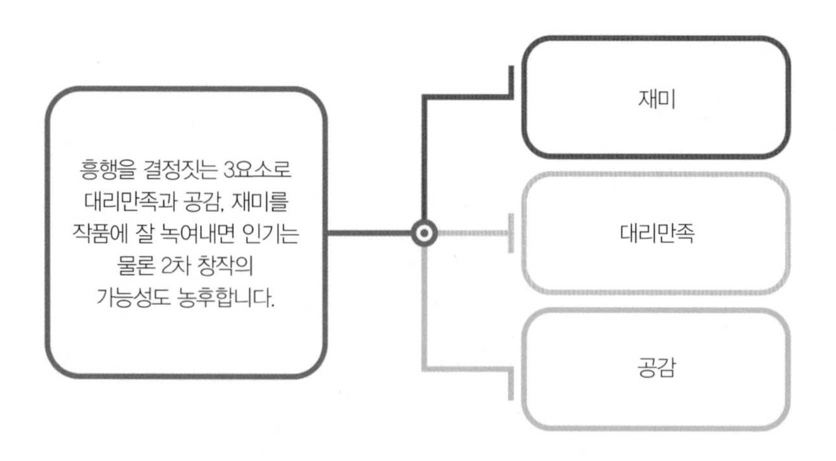

예를 들면 불우한 환경 탓에 끼니도 제대로 먹지 못하는 아이가 있습니다. 아이의 몸은 앙상한 뼈만 남았고 한겨울인데도 맨발에 슬리퍼 차림으로 거리를 돌아다닙니다. 안타까운 상황에 독자는 누군가 아이를 빨리 도와주길 바라고 이때 주인공이 등장합니다. 참혹한 아이의 모습을 보고 주인공은 곧장 따뜻한 밥을 먹이고 털이 보송보송한 부츠를 사서 신겨줍니다. 독자는 이 장면을 읽으며 나도 모르게 안도감을 느낍니다. 이때가 바로 대리만족의 순간입니다. 불우한 아이를 돕는 주인공의 행동을 보며 독자는 캐릭터의 성격을 알아가고 이런 과정이 반복되면 해당 작품에 호감을 표시합니다. 대리만족만 효과적으로 써도 작품의 분위기가 확 달라집니다. 나중에 주인공의 도움으로 잘 성장한 아이가 주인공에게 감사 인사를 전하면 진한 감동도 밀려오겠죠? 좀 더 지능적으로 다루려면 아이가 복선으로 작용해 주인공에게 힘을 주는 조력자로 변신해도 됩니다.

절정의 순간을 재미있게

그러면 이런 요소를 작품에 어떻게 녹여내야 할까요? 폭탄이 제때 터지려면 심지가 필요하듯 타들어 가는 심지의 시간을 조절하는 것도 작가의 역량입니다. 전체 이야기를 10화로 보면 1화에서 4화까지는 주인공의 캐릭터 설명과 세계관을 탄탄하게 빌드업하고 이야기의 중반부인 5화와 6화에서는 주인공의 상황을 벼랑 끝으로 몰아가 폭발 직전의 긴장감 넘치는 상황을 연출합니다. 그래야 7, 8, 9화에서 절정에 치달았을 때(폭탄이 터졌을 때) 3요소(대리만족·공감·재미)가 부각되어 독자는 더욱 몰입할 것입니다.

단어의 뜻에서도 유추할 수 있듯이 '대리'는 나 대신 누군가라는 의미이고 '만족'은 작품을 보는 독자를 뜻합니다. 독자를 위해 주인공이 대신 소설 속에서 사랑도 하고 성공도 하면서 유쾌하고 재미있게 이야기를 이끌어 간다면 최고의 웹소설이 되어 많은 독자의 선택을 받게 될 겁니다.

TIP

과거부터 대표적으로 쓰이는 대리만족 코드

대리만족은 독자의 결핍을 찾아 웹소설을 통해 채워주는 것입니다. 주인공은 똑같은 캐릭터로 시작하되, 독자들이 바라는 모습과 행동을 해야만 합니다.

① 악당 혼내주기
② 어려운 사람 구해주기
③ 나에게 누군가가 반하는 순간

여성향 소설이라면 로맨스에서 독자가 느끼는 낭만과 달콤함을 더욱 극대화해야 합니다. 현생이 아무리 힘들고 각박해도 주인공에게 지극정성인 멋진 남주인공들이 있어 소설은 재미있고 행복합니다.

남성향 소설이라면 사건을 해결하기 위해 주인공이 고군분투할 때는 글의 분위기와 멋을 최대한 살려주고 문제를 해결했을 때 '보상'으로 능력을 인정해 줍니다. 이 과정만 반복해도 웹소설을 여러 권 쓸 수 있습니다. 어떤 에피소드인지는 중요하지 않습니다. 독자는 그 순간을 주인공과 공유하려고 찾는 것이니까요. 어제의 경기, 오늘의 경기, 내일의 경기가 중요한 게 아니라 주인공이 그 시합에서 이기고 기뻐하며 누군가에게 인정받는 순간을 같이 공유하고 싶다는 것을 작가는 알아야 합니다.

드라마, 영화, 애니메니션 등 모든 콘텐츠에는 대리만족 코드가 녹아있으니 작품을 찾아보며 공부하는 것도 좋습니다.

작품의 성공 여부는 시장에 나와봐야 알겠지만 웹소설은 기획 단계에서부터 이러한 장치를 활용해 흥행 확률을 1퍼센트라도 높일 수 있습니다. 눈에 띄는 제목과 참신한 소재, 톡톡 튀는 캐릭터도 중요하지만 대리만족을 극대화한 장면들은 독자에게 큰 카타르시스를 줍니다.

내가 좋아하는 가수가 불행하길 바라는 팬은 없습니다. 좋아하니까 응원하고, 응원하다보니 더 잘 되길 바라는 마음이 커집니다. 필자는 웹소설을 연애와 비슷하다는 표현을 자주 씁니다. 안 보면 보고 싶고, 봐도 더 보고 싶게 해야 합니다. 그래야 만남의 시간을 기다리게 되겠죠. 연애는 행복이라는 감정을 깔고 갑니다. 괴롭고 불행하려고 연애를 하진 않겠죠?

써보기 시작하자

이야기로 풀어놓으면 간단해 보이지만 대리만족을 자연스레 작품에 배치하는 건 익숙해지기 전까지 매우 어렵게 느껴질 수도 있습니다. 하지만 인간은 적응의 동물입니다. 어쩔 수 없이 내가 익혀야 하는 기술이라면 하루라도 빨리 연습해 보면서 내 것으로 만들어야 합니다. 앞으로 내가 쓸 장르에 어떤 대리만족 기법이 쓰이는지 파악하고 익힌 후 나만의 것으로 토해내야 합니다.

많이 읽고, 쓰고, 생각해봐야 한다고 했습니다. 그런데 우리 대부분은 글을 읽고 생각만 하지 정작 써보지는 않습니다. 눈과 뇌의 레벨은 10인데 손은 레벨 1에서 멈춰있습니다. 손을 레벨 10으로 끌어올리는 방법은 무작정 쓰는 것밖에 없습니다. 이 과정을 무사히 넘긴 사람만이 작가라는 이름을 얻게 됩니다. 내년 이맘때가 되었을 때 뭐라도 써본 사람은 쓰지 않은 사람과 큰 차이를 보일 수밖에 없습니다. 하루 1편이면 1년에 365편입니다. 이것이 3년이 되고 5년이 되면 아무것도 하지 않은 사람과의 격차는 더 벌어집니다. 지금은 의미 없고, 유치하다고 생각되는 보잘것없는 글이 훗날 어떻게 변할지는 아무도 장담할 수 없습니다. 창작은 생명이 탄생하는 과정과 흡사합니다. 내가 창조한 세상이 텍스트에서 끝나지 않고 웹툰과 드라마로 나오는 시대입니다. 생각만 한다면 그 무엇도 태어나지 않습니다. 최소한 씨앗이라도 뿌리기 위해서는 글자라도 써야겠죠? 그것이 설령 아주 간단한 메모라도요. 그 메모가 성장해 어떤 나무로 자라게 될지는 아무도 모릅니다.

아무것도 쓰지 않으면 아무 일도 일어나지 않습니다. 오늘 내가 쓰지 않으면 내일 다른 누군가가 쓸 수 있습니다. 더 이상 개념에 얽매이기보다는 무작정 1화를 시작해 보는 것이 중요합니다.

나만의 차별점 만들기

나의 장점찾기

웹소설 작가로 오래 살아가는 방법은 무작정 쓰면서 버티는 것입니다. 인지도가 없는 작가일수록 초조해하지 말고 대중의 관심을 얻기까지 쓰면서 기다려야 합니다. 이제 막 시작한 작가들이 종종 착각하는 게 있는데 하루에 1화만 쓰고 '오늘 할 일을 다 끝냈다'라고 만족하는 것입니다. 주 7일 연재와 주 5일 연재가 보편화된 지금 매월 20화에서 25화를 써야 평균에 속합니다. 작가 생활을 늦게 시작한 경우라면 조금 더 노력해서 하루 1화 이상 써야 합니다. 그럼 매년 200화 이상을 누적하게 됩니다. 이건 단순히 매출뿐만 아니라 작가의 성장에도 큰 영향을 끼칩니다. 많이 쓴다고 무조건 대박 작가가 되는 건 아니지만 대다수의 작가가 3년에서 5년간 실력을 꾸준히 향상시켜 유명 작가로 성장한 것을 보았습니다. 어쩌면 당연한 결과일지도 모릅니다. 종종 연재를 마라톤에 비유하는데 연습과 훈련 없이는 그 고된 길을 완주할 수 없습니다.

내가 타인보다 필력이나 작품 구상 능력이 부족하다면 남들이 못하는 나만의 장점을 빨리 개발해 그것을 무기로 삼아야 합니다. 웹소설은 부단히 노력하면 하루에 2화, 즉 10000자 정도는 거뜬히 쓸 수 있습니다. 처음이 어렵지 오늘은 500자 내일은 600자 이렇게 글자 수를 늘려 어느 순간 연재 일정보다도 더 많은 비축분을 쌓아둔 자신을 발견할 수 있습니다.

작품에서의 차별점 만들기

글쓰기를 시작했다면 내 작품을 돋보이게 할 차별점을 생각해야 합니다. 잘 나가는 웹소설은 저마다의 강점이 분명히 있습니다. 어떤 작품은 캐릭터가 입체적이고 어떤 작품은 소재나 설정이 기가 막혀 감탄이 절로 나옵니다. 그러나 최근 쏟아지는 신작을 보면 잘 된 작품을 모방하거나 혹은 과거의 작품을 답습하는 일이 많아졌습니다. 새로운 모험에서 오는 도전과 실패가 두렵기 때문인데요.

새로운 길을 개척하기 무섭다면 클리셰를 이용해 비슷비슷한 소재나 설정을 자기 입맛대로 변형해 쓸 수도 있어야 합니다. 대표적인 클리셰로는 회귀, 환생, 빙의가 있고 우리는 이 뻔한 소재들을 나만의 방식으로 특별하게 만들어야 합니다.

> 밀리터리 덕후인 내가 1902년으로 와버렸다고? 좋아! 이제부터 내 세상이다!

예를 들어 밀리터리 덕후인 주인공이 전쟁이 한창인 1902년의 어딘가로 회귀했다고 봅니다. 회귀의 기본 코드는 미래 정보를 이용하는 겁니다. 주인공이 알고 있는 미래의 정보를 적재적소에 써 전쟁을 승리로 이끈다면 독자의 좋은 반응을 유도할 수 있습니다.

> 무명 감독이었던 나, 1978년으로 와버렸다.

개봉하는 영화마다 망하고 무명 감독의 수식을 떨쳐내지 못하고 있는 주인공이 1978년으로 회귀했습니다. 회귀는 그에게 엄청난 기회일지도 모릅니다. 미래의 대박 난 작품들을 제작해 개봉한다면 감독으로서 이름을 알리고 유명해질 수 있습니다. 또한 감독이란 직업 특성상 뻔한 회귀에 신선함을 줄 수도 있습니다.

> 빙의했는데 삼장법사가 되었다. 망나니 손오공과 식탐 저팔계, 게으름뱅이 사오정을 데리고 이 험난한 여정을 완수해야 한다고?

주인공이 손오공인 세계관에서 다른 등장인물로 빙의한 예시처럼 영화 <알라딘>에서 알라딘이 아닌 자스민 공주 혹은 지니로 빙의되는 것도 흔하게 쓰는 비틀기입니다.

> 수많은 환생을 거치며 드디어 인간으로 태어났다. 오직 나만 모든 기억을 고스란히 가지고 있다.

예시의 세계관으로 필자는 『황좌의 게임』을 집필했고 주인공에게 기억만이 아니라 이전 삶의 능력까지 계승하는 특별함을 부여해 독자의 큰 사랑을 받았습니다.

그렇다고 너무 복잡한 세계관과 난해한 소재로 이야기를 범벅 하면 가독성이 떨어져 스토리의 재미가 사라질 수 있으니 유의해 주세요. 웹소설은 문학작품이 아니라고 계속 말씀드렸습니다. 웹소설은 철저히 웹소설다워야 하는 점 잊지마세요.

마지막으로 과도한 설정은 삼가세요. 다양한 개성이 존재하는 만큼 지켜야 할 선도 있습니다. 주인공이 착한 인물이나 잘못 없는 아이를 헤치면 안 되겠죠? 유해 동물을 잡아 돈을 벌거나 힘을 키울 순 있지만 강아지나 고양이를 잔인하게 죽이면서 그런 능력을 얻는다면 눈살을 찌푸리게 됩니다. 개성이란 '틀리다가 아니라 다르다'입니다. 보편적인 윤리 의식을 바탕으로 선을 지킬 줄 알아야 작가는 캐릭터의 개성을 제대로 표현하게 됩니다.[1]

기억에 남는 명대사 작성

앞서 이야기했던 것처럼 최근 2차 창작이 대중화되면서 웹툰과 웹소설의 드라마 진출이 활발해졌습니다. 드라마가 본격화된 만큼 소설에 '대사'가 너무 적으면 아무리 각색을 한다고 해도 어려움이 많습니다. 몇 년 사이 대사와 대화의 중요성이 커진 것도 '유머러스'한 드라마 작품들이 큰 사랑을 받으며 센스 있는 표현과 대사가 주목받았기 때문입니다. 우리 웹소설에도 독자가 웃을 수 있는 지점들을 곳곳에 배치해야 합니다. 이 또한 능숙하게 사용하면 나만의 강력한 차별화를 만들 수 있으니 내가 평소에 어떤 것에 관심이 많고 즐거워하는지 파악해 메모하는 습관을 길러두는 것이 좋습니다.

1 최근 유행하는 MBTI와 같은 성격 분석 테스트를 이용해 개성 넘치는 캐릭터를 쉽게 만들 수도 있습니다.

'근데, 뭘 넣어놨으려나….'
서랍을 하나씩 열자 맨 아래 칸에서 차곡차곡 쌓여있는 김태평의 일기장을 발견했다. 담임 선생님의 코멘트가 달린 초등학교 저학년 일기장에서부터 최근 일상을 적은 것까지.

'이 정도면 김태평에 대해 충분히 알 수 있겠군.'
도현은 수사 일지를 보듯 한 장 한 장 넘기기 시작했다.

'김태평, 누구냐, 넌….'

전후 사정을 몰라도 '누구냐, 넌'이란 대사가 영화 〈올드보이〉의 패러디임을 모두가 알 수 있습니다. 인풋이 중요한 이유도 바로 이것입니다. 패러디나 오마주를 하려고 해도 아는 것이 많아야 적절히 써먹을 수 있겠죠?

자신의 영혼이 눈앞에 있는 차도현인 것은 맞지만, 지금은 검찰 총장이라는 최종 목표를 두고 치열하게 경쟁해야만 하는 관계이다. 성공한 사람들은 흔히들 자신의 성공 원인에 대해 '자신과의 싸움'에서 이겼기 때문이라고 말하는데, 딱 그렇게 현실판이 된 것이다.
실상 자신과의 싸움이라 하면 자기의 게으름이나 나쁜 습관 등을 굳은 의지로 극복해 이겼다는 뜻이겠지만 태평과 도현의 경쟁은 그와 같은 상투적인 말이 아닌 뚜렷한 실체가 있는 '자신과의 싸움'이 되었달까?

"내가 나를 이겨야 한다는 건가."

평범한 대사 같지만 인물의 현재 상황과 극의 전개상 대사 하나로 긴장감은 배가되고 독자의 몰입도 역시 올라갑니다. 의도적으로 명대사를 만들어내는 것은 매우 어렵지만 장편의 경우 에피소드가 계속 이어지면 극의 절정이 수

시로 찾아 오고 그때마다 타이밍을 잡아 대사를 배치하면 명대사는 독자가 호응하여 자연스럽게 만들어 줄 것입니다.

명대사는 스토리의 맥락과 맞닿아야 빛을 발휘한다.

정체성 있는 작품 만들기

우리 모두 한 번씩은 간이 덜 된 밍밍한 음식을 맛본 경험이 있을 겁니다. 입 안 가득 정체 모를 맛이 퍼지는 순간 나도 모르게 '맛없어'라는 말이 자동으로 튀어나옵니다. 웹소설도 마찬가지입니다. 작품에 뚜렷한 정체성이 없으면 독자로부터 '재미없다'라는 최악의 평가를 피할 수 없습니다. 어떤 맛이 됐건 '매운맛', '단맛', '쓴맛' 등의 확실한 맛을 내줘야 합니다. 이 말인즉슨 다른 작품과는 차별화된 나만의 개성과 특성을 담고 있어야 한다는 말입니다.

라면 고유의 맛은 살리고 특별한 재료를 첨가해
이색 라면을 만드는 것처럼
나만의 정체성 있는 작품을 만들어야 합니다.

작품의 정체성은 캐릭터, 대사, 메시지 등 다양한 요소를 통해 확립됩니다. 저는 종종 라면에 비유해 웹소설을 설명하기도 하는데 이유는 일반 라면에 들어가는 재료 하나만 달라져도 그 라면만의 차별점이자 정체성이 만들어지기 때문입니다. 또한, 라면은 쉽게 접할 수 있고 누구나 경험해본 요리이기에 위의 설명보다는 빠르게 이해할 수 있습니다. '나'는 앞으로 어떤 라면을 끓일 것인지 고민해보세요. '매운 라면인가요?', '해물 라면인가요?', '짜장 라면인가요?', '달걀은 몇 개나 넣을 건가요?' 이런 섬세함이 여러분의 캐릭터와 작품에 커다란 차별점을 만들어줄 겁니다.

소설도 진화한다

웹소설은 과거에 장르소설로 불렸습니다. 판타지, 무협, 로맨스, BL, 퓨전 등 대중의 관심과는 조금 거리가 있다는 이유였습니다. 그런데 이제 세상이 바뀌었습니다. 지금 콘텐츠 분야는 웹소설, 웹툰, 드라마, 게임 간에 스토리 경계가 없습니다. 이것은 국가와 문화를 넘어서고 있으며 우리만 먹던 김치를 세계인들이 즐기게 된 것과 같은 맥락입니다. 여러분이 만드는 개성은 처음에는 미약하게 보일지라도 그것이 훗날 어떤 장르와 유행을 만들어낼지 아무도 예상할 수 없습니다.

웹소설을 쓰는 일은 고된 작업이지만 나만의 색을 견고하게 다져놓으면 독자의 '무관심'이라는 최악의 상황은 피할 수 있게 됩니다. 명성은 그런 겁니다. 여러분이 자기만의 색을 뚜렷하게 가지는 순간 이름은 자연스럽게 알려질 겁니다. 거기에 대중성까지 겸비한다면 '믿고 보는 작가'로 롱런할 수 있게 될 것입니다.

웹소설 제목 결정하기

웹소설은 제목이 반이다

하루에도 수많은 신작이 나오는 요즘 제목은 그 어느 때보다 중요해졌습니다. 제목은 곧 작품 내용을 직관적으로 알릴 수 있는 가장 효과적인 수단이자 마케팅입니다. 이전에는 제목을 정할 때 작품의 의미에 더 가치를 두고 두 글자 혹은 세 글자로 된 함축적인 제목을 많이 정했지만(무협은 특성상 네 글자도 선호합니다) 최근에는 독자의 눈에 띄기 위하여 문장형으로 제목을 길게 짓거나 비속어 등 자극적인 단어가 들어간 제목도 심심치 않게 보입니다.

제목은 웹소설의 유행과 시대 흐름에 맞춰갑니다. 오마주나 패러디 제목도 어렵지 않게 볼 수 있으며 『결혼적령기 무림교관』처럼 예전엔 볼 수 없었던 신개념의 제목도 사랑받고 있습니다.

그러면 제목은 어떻게 지어야 할까요?

우선 제목을 정할 때는 작품의 내용을 살펴보며 키워드를 정리해 봐야 합니다. 내용이 너무 훌륭해 제목을 막 지어도 잘 팔릴 거 같다면 깊게 고민할 필요가 없지만 신입 작가는 어떻게든 한 사람의 독자라도 더 끌어모아야 하기에 제목 선정도 매우 중요합니다.[2]

내 작품이 어떤 내용을 담고 있는지 주된 소재는 무엇인지에 따라 각각 키워드를 분리한 후 조합해 봅시다.

만약 작품의 핵심 내용이 회귀이고 소재가 꿈이라면 '꿈, 드림, 과거, 돌아왔다, 해몽, 로또 꿈' 등 내용과 관련된 단어를 모두 써보고 하나씩 맞춰봅니다. 꿈은 곧 드림이고 이 드림이라는 단어는 한글로 또 다른 의미를 전해 줄 수 있어 개성 있는 제목을 연출할 수 있습니다.

2 제목은 눈에 잘 띄면서도 주제나 소재가 드러나도록 정해야 합니다. 연재 중 경쟁력을 위해 제목을 바꾸는 스킬도 있습니다.

몇 가지 예시를 들어보면

> '너의 꿈을 볼 수 있어!'
> '네 꿈은 얼마니?'
> '꿈을 보는 사냥꾼'
> '꿈으로 인생 대박!'
> '회귀했더니 꿈이 보여'

위의 방식으로 계속해서 제목을 무작위로 뽑아낸 후 문장을 만들고 다시 몇 가지를 조합할 수도 있습니다. 즉흥적이지만 저는 '드림'이라는 단어를 중의적인 의미로 사용하는 게 좋아서 아래와 같이 정리해봤습니다.

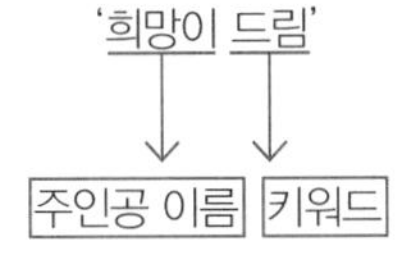

'희망이 드림' 주인공 이름이 '희망'이라고 가정해 이름과 단어를 조합해 보았습니다. 이처럼 주인공 이름에 의미를 부여해 제목으로 노출하는 것도 방법 중 하나입니다. 이름 대신 소재를 사용하면 아래와 같습니다.

> '다시 드림'
> '대박을 드림'
> '이혼 후 드림'

제목을 지을 때는 일단 열린 마음으로 독자가 가장 선호할 만한 제목을 고르는 것이 좋습니다.

사상최강의 군주, 필드의 군주, 폭식의 군주처럼 특정 단어를 반복해 연이어 작품을 출간하면 작가의 정체성을 확립할 수도 있습니다. '나 혼자'라는 단어를 붙이는 게 큰 유행이었던 것처럼 제목은 특정 시기의 흐름을 타기도 합니다. 2022년 기준으로 여성향이나 남성향 할 거 없이 '이혼'과 '재혼'이라는 키워드가 대유행 중입니다. 이 또한 시간이 지나면 다른 키워드로 대체되겠지만, 내 작품의 소재가 이런 내용을 포함하고 있다면 유행에 편승하는 것도 영리한 방법입니다.

제목은 장르에 따라서 톤이 달라지기도 합니다. 로맨스는 제목에 많은 의미를 부여하지만 무협이나 대체 역사는 간결할수록 좋습니다. 로맨스에 한자가 들어가면 어색하겠지만 무협이나 대체 역사는 얼마든지 가능합니다. 스포츠라면 그저 해당 소재가 제목에 들어가는 것만으로도 독자를 만족시킵니다. 골프의 신, 축구의 신, 야구의 신, 농구의 신…. 제목에서 소재가 다 드러나기 때문에 고민할 필요가 전혀 없습니다. 여기서 문장형으로 변형하면 '골프의 신이 되었다, 오늘부터 골프의 신입니다, 내일은 골프왕' 등으로 바뀌기도 합니다. 제목은 어렵게 생각할수록 머릿속만 복잡해집니다. 가볍게 내용을 함축해서 담거나 의미를 나타내는 정도만으로 제목을 정할 수도 있습니다. 백설공주와 일곱 난쟁이, 인어공주, 신데렐라, 홍길동전, 흥부전…. 특정 인물의 이야기를 풀어내는 소재라면 그 인물만 나타내도 됩니다.

반대로 제목에 진중하고 무거운 분위기를 연출하고 싶다면 '일만검존, 절대비급, 강호종횡, 무림고수'와 같이 짓기도 합니다. 만약 이것을 변환해 신무협처럼 분위기를 잡고 싶다면 아래와 같습니다.

'일만 개의 검'
'절대 비급을 얻었다'
'욜로 강호행'
'나 혼자 절대 비급을 얻음'
'이번 생은 놀면서 고수'
'알고 보면 고수입니다'
'전지적 고수시점'
'왼쪽 검은 거들뿐'
'이혼 후 고수'

위의 차분했던 제목보다 훨씬 가벼워진 걸 느낄 수 있습니다. 웹소설을 잘 쓰려면 많은 작품을 읽어봐야 하는 것처럼 제목도 다른 작품의 제목을 보는 습관과 최근 어떤 제목이 유행하고 있는지 트렌드를 읽어야 합니다. 특히 내가 지은 제목이 이미 시장에 나와 있지 않은지도 열심히 검색해보아야 합니다.

제목, 그 자체로 장르의 '아이덴티티'

독자는 강렬한 임팩트가 있는 제목에 먼저 시선을 둡니다. 수백 개의 제목 중에서 눈에 쏙 들어오는 제목에 손이 가는 이유이기도 합니다.

'로또 꿈이 내게 보여'
'네 꿈을 얼마?'
'꿈보다 해몽'

꿈이라는 소재 하나로 참신하고 흥미 있는 제목을 정했다면 이젠 작품이 론칭되기 전까지 계속해서 더 좋은 제목을 고민하면 됩니다.

『제로 라이트 : 일만 시간의 법칙』, 『서자의 반지』, 『너의 비급을 먹고 싶어』, 『재능마켓』, 『물불 안 가립니다』, 『나는 대한민국 대통령이다』 등등 많은 작품을 출간하면서 이런 과정을 반복하다 보니 타인의 작품 제목도 지어주는 경지에 이르렀습니다.

'한 살부터 음악 한다'

제목만 봐도 소재나 내용을 짐작할 수 있는 직관적인 제목입니다. '음악'이라는 대중적인 키워드가 포함되어 있어 일부러 그대로 노출한 것입니다. 만약 이것이,

'한 살부터 바둑 한다'
'한 살부터 장기 한다'
'한 살부터 청소한다'

비주류 소재와 결합해 사용된다면 드러내지 않는 편이 좋을지도 모릅니다. 소재에도 선호도라는 것이 존재하기에 대중의 관심이 없는 소재를 선택한다면 독자가 작품에 정을 붙일 때까지는 제목에서도 그것을 감추는 것이 유리합니다. 바둑이나 장기, 청소는 소재를 잘 살리면 재밌는 웹소설이 나올 수 있겠지만 독자에게 선뜻 와닿지 않는 것도 사실이니까요.

'한 살부터 아이돌'
'한 살부터 수능 만점'
'한 살부터 배우'
'한 살부터 무림고수'

이렇게 독자가 선호하는 키워드로 바꾸면 유입 수치가 달라지는 걸 느낄 수 있습니다.

최근 유니버스 설정이 유행하면서 하나의 세계관에 다양한 작품의 주인공이 등장하는 것이 증가했습니다. 이럴 때는 주인공의 개성이나 이름을 그대로 쓰고 추후 주인공을 하나로 관통하는 제목을 지어줍니다.

『서자의 반지』와 『재능마켓』, 『너의 비급을 먹고 싶어』는 장르도 다르고 소재도 전혀 일치하지 않지만 '반지'로 묶여 같은 세계관을 공유하고 작품마다 다른 주인공이 어딘가에서 활동하고 있다는 복선도 노출해 줍니다. 앞으로 나올 예정작인 『지리산 엘프』, 『게임 속에 내 최애가 산다』, 『일만검존』에서도 마찬가지로 '반지'를 매개로 하나의 세계관이 공유되고 훗날 이 모든 주인공이 한 작품에서 등장하는 『반지쟁탈(가제)』에서 대미를 장식할 예정입니다.

작가는 1차 창작자입니다. 무한한 상상력으로 어떤 것이든 창조할 수 있습니다. 그것이 독자에게 거슬리지 않고 자연스럽게 받아들여지는 것이 첫 번째고 웹소설의 중심이 '재미'이기에 공감과 대리만족을 최대한 활용하여 많은 독자에게 다가서야 합니다. 독자와 작품의 첫 대면이 제목인 만큼 작품의 간판이라 할 수 있고 소설의 얼굴이라고도 말할 수 있습니다. 내가 쓰고 싶은 소설이 있다면 제목부터 생각해 보는 것은 어떨까요?

TIP

제목이 최고의 마케팅 수단이라는 마음으로 접근

제목 = 최고의 마케팅이자 프로모션입니다.

⬇

작품을 연재하기 전에 나와 같은 제목이 있는지 모든 플랫폼에서 검색해 봐야 합니다.

⬇

어떤 제목이 유행하고 있는지 파악합니다
(플랫폼/장르/연령대 등에 따라 차이가 조금씩 있습니다).

⬇

초반에는 자극적인 제목으로 독자들의 눈길을 사로잡습니다
(제목은 유료화하기 전에 얼마든지 변경할 수 있습니다).

스타 작가의 웹소설 성공 조언

사람은 완벽할 수 없고 필자의 작품 역시 미흡한 부분이 많습니다. 그러나 그때마다 좌절하지 않고 묵묵히 쓰다 보면 누군가에겐 내 글이 최고가 되어있을 것입니다. 예술이나 문학한다는 생각을 버리고 철저하게 독자에게 맞춘 글을 씁니다. 우리는 주인공을 인정해 주는 작가가 되어야 합니다.

수업을 하다 보면 종종 듣는 질문이 '초반 몇 편은 썼는데 다음을 못 쓰겠어요', '지구력이 부족해서 완결을 못 하겠어요!', '내 글이 마음에 들지 않아요!'와 같은 것들입니다.

웹소설 작가로 살아간다는 것은 다른 직업과 마찬가지로 꾸준함과 성실함을 요구합니다. 어느 분야나 매일 일하지 않으면 대가는 따르지 않습니다. 당연하게도 신입사원이 경력자를 넘기란 어려울 것입니다. 배워야 할 것이 많으니까요! 오늘 하루 쓴 글을 완벽하게 만들기보다는 그 자체로 훈련과 학습을 했다는 생각으로 접근해야 합니다.

03

•

집필 시작하기

효과적인 공감의 필요성

웹소설의 공감

시대가 빠르게 변하고 있습니다.

몇 년 전 '초딩 컴맹을 아시나요?'란 제목의 기사를 읽은 적이 있습니다. 모 초등학교 국어 시간에 컴퓨터실에서 소설 쓰기 수업을 진행했는데 한 교시가 다 끝나가도록 학생들이 과제를 제출하지 못했습니다. 이유는 스마트폰 세대인 초등학생들에게 데스크톱 컴퓨터로 글을 쓰게한 것이 원인이었습니다. 결국, 선생님은 아이들에게 스마트폰으로 소설을 써서 제출하라고 다시 안내했고 모든 학생이 20분 만에 카카오톡으로 과제를 완료했습니다.[1]

작가는 이러한 사회현상도 알고 있어야 합니다. 10대를 주 독자층으로 정했는데 스마트폰과 태블릿이 아닌 데스크톱 컴퓨터가 주로 등장한다면 어색함을 느낄 수도 있습니다. 반대로 40~50대의 남성을 대상으로 하는 작품에 주인공이 SNS의 DM이나 틱톡 등 어린 연령대에서 유행하는 문화를 따라하면

---

1 2020년 조선일보 기사. 스마트폰 세대인 요즘 초 · 중학교 학생들은 데스크톱 컴퓨터를 다루는 데 익숙지 않습니다. 이러한 점을 유념해 소설 속 사물을 설정해야 합니다.

처음에는 신선하지만 장면이 반복되면 거부감이 듭니다.

PC방에서 밤새워 게임하고 당구장에서 짜장면을 시켜 먹던 날들은 이제 추억이 되었습니다. 코로나와 뉴미디어의 발전으로 문화 산업 전반에는 기존과 다른 양질의 콘텐츠가 생성되고 있습니다. 해당 작품의 소재가 특정 어느 시대의 향수를 노리고 집필되었다면 이런 추억을 최대한 활용해야 하는 게 맞지만 그 이전에 내 작품의 타깃 독자를 확실히 정하고 작품의 분위기를 맞춰가야 합니다.

웹소설은 지극히 주관적이라 취향을 타지만 분명한 것은 '대중성'이 있다는 것입니다. 열에 아홉은 무난하게 볼 수 있는 소설, 다수의 불호가 아니라 대부분 재미있다고 말할 수 있는 작품을 쓰는 게 웹소설 작가가 궁극적으로 지향해야 할 고지입니다. 그런데 주의할 점이 있습니다.

특정 집단에게까지 공감을 일으키겠다고 이분법적으로 대립하는 문장이나 소재를 쓰면 곤란한 일을 겪을 수도 있습니다. 대표적으로 정치, 사상, 성차별, 빈부격차, 종교와 같은 주제입니다. 물론 이런 주제를 선호하는 사람도 있지만 불편해하는 독자도 있습니다. 이왕이면 모두 공감할 수 있는 주제에 초점을 맞춰야 하는 것도 바로 이러한 이유입니다.

독자는 공감 후 감정이입한다

'백설공주가 일곱 난쟁이와 행복하게 살았습니다.'

모두가 좋아하는 꽉 닫힌 결말입니다. 지금도 다양한 작품에서 비극보다 해피엔딩이 많이 보이는 건 그만큼 대중들이 원하기 때문입니다. 나는 비극적인 결말을 선호한다고 해도 웹소설 작가라면 독자에게 행복을 주기 위해 해피엔딩에 맞춰야 합니다. 작가로서 고집을 부리며 독자를 무시하는 태도는 콘텐츠 제작자로 프로의식이 부족하다고 볼 수 있습니다. '덕업 일치'라는 신조어를 알고 계시나요? 좋아하는 것을 업으로 삼아서 먹고산다는 뜻입니다. 무작정 내가 좋아하는 일을 해서 돈을 벌 수 있으면 좋겠지만 세상은 그렇게 만만하지 않습니다. 가치가 있어야 소비자가 찾고 수익이 생기는 것이죠. 그 가치가 바로 대중성과 공감입니다.

공감은 독자를 웹소설에 이입시키는 장치입니다.

- 공감은 동시대를 살아가는 사람들이 보편적으로 느끼는 감정입니다.
- 스토리보다는 매화 감정을 다룰 수 있어야 합니다.
- 현장감과 현실감을 극대화할 수 있어야 합니다.
- 공감은 감동을 끌어내기 가장 쉬운 지름길입니다.

공감을 효과적으로 작품에 녹이려면 아래의 문장을 머릿속 깊이 새겨야 합니다.

사람이니까 서로 이해할 수 있는 것.

우리니까 나눌 수 있고 도울 수 있는 것.

나니까 너와 공유할 수 있는 것.

부모가 자식에게 좋은 것을 먹이고 싶고 사연이 있는 음식을 먹을 때 그와 관련된 인물이 생각나는 건 모두의 공감대입니다. 작가는 이러한 감성을 작품에 녹여내야 합니다. 공감대는 특정 단어에서도 쉽게 찾아서 활용할 수 있습니다.

'시어머니와 며느리'

'장인어른과 사위'

혈육 관계처럼 끈끈한 사이일 수도 있지만, 단어의 조합만 보았을 땐 어딘가 불편하고 어색한 기류가 흐릅니다. 이처럼 단어가 만드는 공감은 긴 설명이 필요 없을 때도 있습니다.

'수능 직전 수험생'의 감정은 어떨까요? 예민, 초조, 날카로움, 간절함, 긴장, 후회 등 자연스럽게 연상되는 키워드가 있지 않나요?

'수능을 앞둔 아들의 어머니'는요? 걱정, 근심, 긴장, 간절함 등의 키워드가 떠오르고 이 공감을 활용해 글을 써나가야 합니다.

그런데 만약 언급된 것들과는 반대의 짜증, 힘듦, 고됨, 좌절, 무기력의 키워드가 떠올랐다면 일반 대중이 느끼는 감정과는 거리가 있어 그 이유를 궁금해할 것입니다. 이럴 땐 설명과 함께 사건 하나를 만들어 독자가 납득할 만한 이야기를 만들어줘야 합니다.

주변을 관찰하는 것부터

계속 강조하지만 독자는 행복한 여가 시간을 보내기 위해 돈을 씁니다. 여성향 장르에서는 내가 몰입하고 있는 여주인공의 사랑이 이루어질 거라는 기대, 남성향 장르에서는 내가 응원하고 있는 주인공이 반드시 성공할 거란 기대가 깔려 있습니다.

예를 들어 결혼한 여주인공이 시어머니에게 이유 없이 괴롭힘을 당하면 독자들은 주인공의 상황에 몰입해 안타까움을 느낍니다. 그러다 어느 날 '시어머니에게 당한 설움과 치욕을 주인공은 언젠가 반드시 갚을 거야'라는 상상을 하게 되고 그날만을 기다리며 소설을 끝까지 완주합니다.

어쩌면 대중의 감정과 생각을 단숨에 이해하는 것은 어려울 수도 있습니다. 그런데 개인을 이해하는 건 다수보다는 쉽습니다. 먼저 나부터 시작해 주변의 가족과 친구, 직장이나 학교의 구성원들을 가만히 살펴보면서 조금씩 타인을 이해해 보려 노력해야 합니다.

처음부터 숲을 보려고 하지 말고 나무를 관찰한 뒤 점차 시야를 확대해 나아가는 연습을 하세요.

모두가 바라는
이야기 구상하기

이랬으면

'가능성을 위해 준비하고 기회가 왔을 때 잡는다' 필자가 좌우명처럼 늘 되새기는 말입니다. 준비한 자만이 기회를 잡고 성공할 수 있습니다. 준비는 거창하지 않습니다. 그냥 일상에서 경험한 모든 일을 머릿속에 저장하세요. 마치 데이터를 모아놓는 것처럼요. 우리의 웹소설에는 작가의 이런 사소한 경험이 날개를 달고 날아오르는 순간이 자주 찾아옵니다. 내가 경험했거나 상상한 일들을 잘 기억하고 있다가 이야기와 어울리게 변형해 결정적인 장면을 만들기도 합니다. 망설이지 말고 도전하세요.

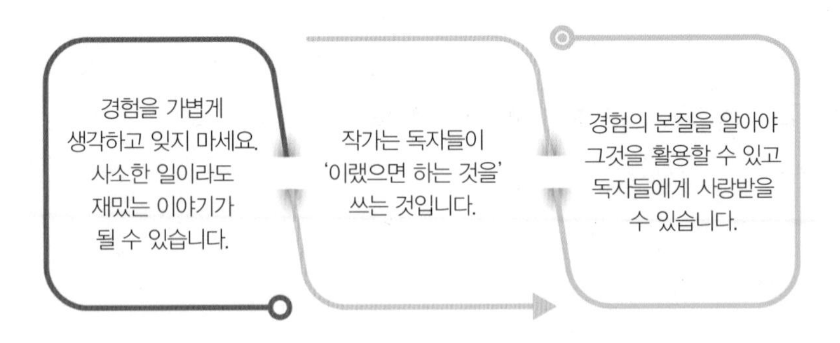

경험 하나로 남과 전혀 다른 소설을 쓸 수 있고 그것이 막대한 부를 가져올 때도 있습니다. 그렇기에 우리는 늘 생각해야 합니다. 시작이 늦었다고 좌절하거나 조급해 하지 마세요. 자유로움에서 가장 개성 있는 글이 나옵니다. 세 편, 다섯 편씩 작품의 종수가 쌓여가면 기성으로 넘어가게 되는데 이때는 그동안의 루틴이 작가를 지배합니다. 나의 경험과 생각을 자유롭게 쓰는 신인의 패기와 도전은 지금이 아니면 느낄 수 없습니다. 떠오르는 생각이 있다면 글로 옮기세요.

『기획자의 생각식당』의 저자 김우정 대표는 이렇게 말합니다. '생각이 곧 돈이다.' 불과 몇 년 전까지만 해도 기술이 지배하던 시대에서는 상상할 수 없는 말이었습니다. 그런데 이제는 앞서 생각하는 자들이 시대를 선도하고 있습니다. 웹소설도 '생각이 곧 돈이 된다'는 점에서 일맥상통합니다. 기발하고 참신한 무형의 소설 아이템이 글로 구현된 순간 우리는 독자와 만나게 되고 이는 곧 생각이 돈으로 맞바꿔지는 순간입니다. 웹소설의 시작은 항상 작은 아이디어에서 출발합니다. 그것이 얼마만큼 창대해질지는 감히 예상할 수 없습니다.

우리는 늘 독자의 입장에서 생각하고 그들이 원하는 이야기를 만들어내야 합니다. 소설은 시대의 요구에 응답한 결과물입니다. 소설을 본 독자의 반응이 뜨거울수록 열기는 빠르게 퍼지고 이는 곧 유행이 되어 관심 없던 사람마저도 작품의 제목을 알게되는 소설의 힘을 경험하게 됩니다.

경험과 공감 활용하기

연일 좋지 않은 사건이 뉴스를 장식하고 있습니다. 생활고에 시달려 일가족이 자살하거나 주식 투자에 실패해 한강에 뛰어내리는 사람, 돈이 없어서 빵을 훔치는 이들까지…. SNS와 미디어의 발전으로 세상의 소식을 실시간으로 빠르게 접하게 되었습니다. 이런 시대에 우리가 해야 하는 것은 무엇일까요?

바로 사랑, 웃음, 재미, 화합, 평화, 행복이 넘치는 이야기를 짓는 것입니다. 사회 분위기가 침체되어 있을 때 가수들이 사랑과 평화의 노래를 부르는 것처럼 웹소설을 읽을 때만은 잠시 현실과 떨어져 즐거운 시간을 보낼 수 있도록 만들어주는 겁니다. 앞에서 계속 강조했던 모두가 경험했거나 쉽게 공감할 수 있는 소재 하나를 선택해 이야기를 써보세요.

영화를 예로 들어보겠습니다. 로맨스 영화의 명작으로 손꼽히는 <라라랜드>의 흥행 요소가 무엇이라고 생각하나요? 아름다운 노래?, 유명한 배우의 출연?, 영상미? 등등 흥행 이유를 두고 여러 말이 많지만 필자가 볼 땐 절망의 상황 속에서도 피어나는 사랑 이야기로 국경, 문화, 세대를 초월해 많은 사랑을 받을 수 있었다고 생각합니다.

역경 속에서도 피어난 사랑

만약 누군가 당신에게 '가을, 10년, 경복궁, 은행나무, 돌담'의 단어들로 감동적인 이야기를 만들어보라는 과제를 준다면 번뜩 떠오르는 이야기가 있나요? 아마 대부분은 멍한 표정을 지을 수 있습니다. 제시된 단어를 모두 쓰는 것에 집중하다 보니 생각이 뒤죽박죽 얽혀 이야기가 생각나지 않습니다. 이럴 땐 모두 공감할 수 있는 대중적인 정서를 넣어 이야기를 짧게 만드는 게 좋습니다.

> 10년 전, 이렇게 낙엽 쌓인 가을날. 나는 여기서 첫사랑과 헤어졌다. 그날 참 많이도 운 것 같은데 감정이 이젠 메말랐는지 혹은 무뎌졌는지 생각하니 쓴웃음만 나온다. 매년 가을이 되면 이 경복궁 돌담길을 걸었었는데….

위의 주어진 단어들에서 첫사랑 테마만 넣었는데 아주 흔한 클리셰의 이야기가 탄생했습니다. 한 단계 더 나아가볼까요?

> 내가 왜 오늘 여길 온 건지 모르겠다. 취해서인가? 다들 첫사랑은 이뤄지지 않는다고 하던데. 나는 그 이후로 누구를 사랑해 본 적이 없어서 더 사무치는 것 같다. 이제 돌아가야겠지. …어? 어어어어? 저 아이는 서, 설마 지은이?

자, 10년 전에 헤어진 여자친구를 의미 있는 장소에서 만났습니다. 뒤의 이야기는 대략 예상되시죠? '사랑' 테마는 여기까지만 하고 '1억 광년, 어느 별, 눈물, 웃음, 우주 폭풍, 사랑, 아픔'의 SF 키워드에 '이별' 테마를 넣어보겠습니다. 누군가는 이쪽이 더 취향일 수 있습니다.

> 우리 행성으로부터 1억 광년 떨어진 이곳에서 나는 10년 전, 우주 폭풍으로 연인을 잃었다. 그 이후로….

어느 이야기가 더 마음에 와닿았나요? 미국이나 유럽은 SF의 인기가 높지만 한국의 웹소설 시장에서 SF는 비주류입니다. SF 느낌의 키워드라고 해서 배경이 우주일 필요는 없습니다. 이럴 땐 SF 요소는 약하게 줄이고 사랑이나 이별 테마에 이야기를 녹이면 됩니다. 단, 모험은 실패를 동반할 수 있다는 점 명심하세요.

또 어쩌면 먼 이야기일 수 있지만 2차 창작을 염두에 둔다면 위의 사례는 매우 중요합니다. 경복궁에서 촬영하는 것이 제작비가 조금 들까요? 아니면 우주 배경이 쉬울까요? 대중에게 경복궁이 익숙할까요? 우주의 어느 별이 더 친숙할까요? 적은 투자로 최대의 효율을 내는 것이 문화콘텐츠 산업입니다. 우주 이야기가 매우 훌륭한 스토리라면 <스타워즈>만큼 흥행할 수 있겠지만 우리 웹소설에서는 경복궁 이야기가 더 대중적으로 팔려나갈 것입니다.

이야기 점검하기

순수문학에선 작가의 사상, 철학, 이상, 시대상, 인간의 내면을 깊이 담을수록 가치가 있지만 웹소설에서는 탄탄한 이야기에 재미를 더할수록 가치가 있습니다. 문학적 연출과 웹소설의 연출은 방법과 스타일도 다르지만 웹소설은 복잡하고 어려운 것보다는 간결하고 시원한 걸 선호하는 시대입니다.

예술 한다는 생각을 깨야 합니다.

이런저런 아카데미를 수년씩 전전하면서 필력은 늘었는데 데뷔의 문턱에서 번번이 미끄러지는 지망생을 보면 공통점이 있습니다.

'말로는 독자를 생각했다면서 글을 보면 개연성도 재미도 없다.'
'성실하게 썼다고 하는데 돌아보면 수년째 미완 습작 몇 편밖에 없다.'
'작가가 되겠다고 하면서 하루 중 글에 투자하는 시간이 없다.'
'웹소설 작가가 되겠다면서 웹소설을 안 본다.'

2022년 기준으로 웹소설 작가는 약 10만 명 정도로 추산됩니다. 활동하는 작가가 많을수록 작품의 종수도 늘어 플랫폼 상위에 랭크되어 있는 작품이 아니면 큰돈을 벌기 힘들지도 모릅니다. 결국, 우리는 잘 쓴 작품 하나로 대박을 기다리며 끊임없이 경쟁할 수밖에 없습니다. 자주 쓰고, 자주 보고, 자주 고치세요. 작가는 글을 쓰는 것도 중요하지만 버릴 줄도 알아야 합니다.

내가 정성 들여 쓴 문장과 이야기를 폐기한다는 건 무척 어려운 일이지만 그 이야기가 흐름을 방해하고 캐릭터를 망치고 있다면 과감히 버릴 줄도 알아야 합니다. 그런 불필요한 부분을 줄여가야 더 재미있는 소설이 완성되는 겁니다.

TIP

내 작품이 매화 독자들에게 재미를 주고 있는가?

- 해당 장면에서 어떤 재미를 줄 것인지에 초점을 맞춥니다.
- 지문과 묘사보다는 대사와 전개 속도에 투자합니다.
- 나쁜 에피소드의 공통된 특징은 대중성이 결여됐다는 겁니다. 대중성이 없다는 말은 즉 공감할 만한 이야기가 없다는 뜻이고 작가는 스토리를 살펴보며 대중성을 잃지 않기 위해 신경 써야 합니다.

캐릭터 점검하기

웹소설의 캐릭터는 일반 문학과 결이 다릅니다. 인간의 내면이나 자아 성찰, 모순 등을 꼬집기보다 성격이나 배경을 극대화해 독자의 기억에 깊이 각인되어야 합니다. 그래서 보통 재벌집 망나니 아들이나 대통령의 둘째 아들과 같은 자극적인 캐릭터를 차용합니다. 매섭고 차가울 것 같은 북부 대공이 알고 보면 팔불출인 설정도 인기를 끄는 이유입니다.

기성작가들은 말합니다. 캐릭터를 만들 때는 더 과감하게 설정해도 된다고 말입니다. 북유럽 신화나 동화만 보더라도 캐릭터의 성격이나 성향이 매우 극단적인 면을 쉽게 볼 수 있습니다. '탑에 갇혀 20년을 산 공주님', '계모에게 10년 넘게 구박받는 공주님' 등 보편적으로 공주 캐릭터를 생각하면 떠오르는 상징적인 이미지를 시원하게 비틀어 과장하거나 때로는 유머러스하게 설정해야 합니다.

'탑에서 20년 동안 검술만 수련한 공주님'

확실히 기존의 공주 이미지와는 전혀 다른 성격을 지녔을 것 같죠? 캐릭터를 만드는 데 공식은 없지만 눈에 잘 띄는 입체적인 캐릭터를 만들기 위해 노력해야 합니다. 작품과 스토리에 어울릴만한 캐릭터로 뼈대를 잡고 성격과 분위기를 설정하면 캐릭터는 극에 서서히 중심을 잡아갑니다.

'딸부잣집 막내아들'과 '딸부잣집 망나니 막내아들'은 단어 하나로 소심한 남동생에서 180도 다른 캐릭터가 된 것을 볼 수 있습니다.

캐릭터에 대해 말하자면 끝이 없지만 중요한 건 똑똑한 놈이건 모자란 놈이건 간에 매력이 넘쳐야 한다는 걸 기억해 주세요. 완벽하지 않아도 좋습니다. 캐릭터의 약점은 오히려 인물을 돋보이게 만들 수도 있습니다.

아직도 캐릭터 설정이 어렵게 느껴진다면 쉬운 방법 하나를 알려드리겠습니다. 야매 방법이기 때문에 습작 시에만 사용해 주세요. 어느 드라마에서 본 캐릭터를 그대로 가져와 성격이나 능력을 바꿔보는 겁니다. 이 과정에서 독자에게 들키지 않을까 하는 염려는 하지 않아도 됩니다. 어차피 백 명의 작가가 한 사람을 떠올리며 글을 쓴다고 해도 해석하는 것은 오롯이 독자의 눈이며 텍스트는 한계가 뚜렷한 만큼 더 많은 상상을 독자의 몫으로 남겨두기 때문입니다. 그래도 되도록이면 가급적 연습용으로만 사용할 것을 권장합니다.

시점 점검하기

웹소설은 누군가의 시선을 통해 전개되는 이야기라 시점을 잘 선택해야 합니다. 이야기의 화자가 누구인지에 따라 글의 내용과 분위기가 달라집니다. 시점은 가독성에 중요한 역할을 하며 긴장감, 현장감과도 직결되어 한 번 정한 시점은 잘 바꾸지 않습니다. 만약 '나는 20년 전으로 돌아왔다'처럼 1인칭으로 진행되던 이야기가 '브라키오는 얼떨떨한 얼굴로 주변을 살펴보았다. 모든 게 20년 전 그대로였다'처럼 3인칭 시점으로 갑자기 바뀌면 독자는 굉장히 혼란스럽습니다. 시점으로 상황을 설명하거나 주인공의 심리를 묘사해야 하는데 두 시점이 혼용되면 글을 읽는 독자의 피로도는 올라가고 작가가 단락을 나눠 구분해도 현재 누구의 시점인지 단박에 알아차릴 수 없어 읽기가 난해합니다.

웹소설은 1인칭과 3인칭 시점을 주로 사용합니다. 가끔 전지적 작가 시점을 쓰기도 하지만 흔한 경우는 아닙니다. 시점은 이야기의 구성과 배열을 정리해 나갈 때 함께 정하며 시점을 선택할 때 가장 큰 기준은 누구의 시점으로 이야기를 진행하는 것이 의미를 잘 전달할까입니다. 한 가지 꿀팁을 드리자면 1인칭 시점이라고 해도 '나는'과 '내가'를 빼고 쓸 수 있습니다. 어색하다고 느껴지면 퇴고 과정에서 다 지워보세요. 그래도 술술 읽힐 것입니다. 그러다가 '오직 나만 지금 여기에 살아 있다', '이 게임은 내가 이긴다' 등 '나'라는 단어가 멋을 줄 수 있을 때 포인트로 사용하는 것도 연출의 한 부분이 됩니다. 1인칭 시점이라 해서 과도하게 '나'를 남용하지 마세요. 문장이 굉장히 지저분해질 뿐입니다. 앞서 보여드렸던 예시처럼 '내' 시야로 보고 말하는 것이 편하다면 1인칭 시점을, 객관적 상태에서 주인공과 주변을 설명하는 것이 편하다면 3인칭 시점을 써보세요. 무엇보다 1인칭, 3인칭, 전지적 작가 시점까지 골고루 습작해봐야 어느 것이 나에게 더 편한지 쉽게 고를 수 있습니다!

스토리 정리하기

처음에는 쉽게

지난해 자폐 스펙트럼을 가진 변호사를 주인공으로 한 드라마가 굉장한 인기를 끌었습니다. 변호사라는 직업군에 자폐 스펙트럼 장애를 더해 보는 이로 하여금 따뜻함과 뭉클함을 느끼게 해준 드라마였는데요. '변호사'라는 직업을 소설의 소재로 사용할 때는 그 직업이 갖고 있는 이미지를 잘 생각해야 합니다. 변호사는 누군가의 억울함을 풀어주는 역할을 갖고 검사는 범죄자의 죄를 형법에 맞게 구형합니다. 결이 다른 두 직업이 가진 이미지를 어떻게 이용하고 어떤 방향으로 쓸지 정하는 것부터 스토리를 구성하는 시작점입니다.

이야기 하나를 살펴보겠습니다.

'사상 최연소 검찰총장 김우진!'
'수능 만점!'
'사법연수원 수석!'
세상은 나를 천재라고 부른다. 사법연수원 수석이면 보통은 판사가 된다는데 나는 검사를 택했다. 인생의 모든 것이 내 뜻대로 되는 건 아니었다.

"우진아, 김우진!"
"네, 어머니."
"아버지가 말씀하시지 않니? 무슨 생각을 그렇게 하는 거니?"
"아, 죄송합니다."
"허허, 괜찮다. 검찰 총장으로 내정되었는데 머리가 복잡하겠지."

아버지는 기업 경영자다. 대한민국에서 10위 안에 드는 재벌로 도약하기 위해 평생을 바쳤으며 어머니는 외할아버지에게 물려받은 병원을 운영 중이다.
두 분 아래에서 나는 40년을 버텼다.

"이제 너도 장가가야지. 전에 모임에서 봤던 정 회장 둘째 딸 어떠하냐?"
"저는 누구라도 상관없습니다. 아버지 뜻대로 하세요."

아버지가 원하는 꼭두각시의 인생을 살아온 나는 그 무엇에도 흥미를 느끼지 못했다. 사랑, 우정, 평화, 취미 같은 걸 느낄 사이도 없이 공부와 일만 했다.

주인공은 유능한 검사입니다. 도입부만 보면 주인공이 최정상의 위치에 있지만 어딘가 모르게 불행하다는 걸 느낄 수 있습니다. 수동적인 캐릭터로 이야기를 계속 진행하면 재미가 반감되니 이제 여기에 판타지 요소를 추가해 보겠습니다.

"야! 일어나! 선생님 오셨어! 박동신! 야!"
"어? 어어어어?"

나는 고개를 천천히 치켜들었다. 이게 뭐지? 꿈인가? 내가 미쳐버렸나?

고등학교 3학년 1학기로 회귀했습니다. 보통 이렇게 과거로 돌아가게 되면 미래 지식을 이용해 주인공이 승승장구하는 전형적인 클리셰로 갑니다. 하지만 그건 너무 진부하니까 이야기를 한 번 더 비틀어보겠습니다.

"반장, 출석 불러."
"네."

선생님은 칠판에 오늘 수업할 내용을 요약하기 시작했고 반장이 일어나 출석을 대신 불렀다.
'뭐야…저거 나잖아?'
고3 시절의 김우진. 다른 사람의 몸을 통해 보는 익숙한 내 모습. 나는 그럼 지금 누구지?

"박동신."
"…."
"박동신!"
"아, 어, 어어."

나를 노려보며 김우진이 고개를 돌렸다. 나는 박동신. 박동신? 박동신!

회귀에 빙의 코드를 하나 더 추가했습니다. 이제 이야기가 어떻게 진행될지 느낌이 오시나요?

박동신의 집에 갔다. 내가 살던 집과는 너무나도 다른 작고 허름한 집이었다.
저녁 시간에 맞춰 어머니로 추정되는 사람이 주방에서 분주히 움직이고 있었다. 식탁 놓을 공간도 부족해 펼친 듯한 나무 밥상. 한쪽 다리가 꺼진 밥상 위에는 나물 반찬이 가득했다.

"먹자"

아버지는 애주가처럼 보였다. 밥 한 숟갈에 소주를 반찬마냥 입안에 털어 넣었다. 냉장고에서 막 꺼낸 소주병에는 하얀 김이 서려 있었다.

"이제 동신이도 어른인데 소주 한잔해 봐야지? 술은 아버지한테 배우는 거야"

40년을 살면서 나는 소주는커녕 몸에 좋지 않은 그 어떤 것도 입에 대본 적이 없었다. 심지어 라면도 무슨 맛인지 모른다.

"괜찮아, 아빠가 주는 술은!"
나는 소주잔을 한참 바라보다가 덥석 잡고 훅 들이켰다.

"…켁, 켁켁!"
"하하하하하하! 우리 동신이 다 컸네! 한잔 더 주랴?"
"아, 아뇨 됐어요. 이거면 됐어요. 이거면…."
처음 마셔보는 술이지만 이 쓰디쓴 소주 한 잔에 40년이 씻기는 기분이었다.

"아유, 애한테 무슨 술을 줘요. 마시려면 혼자 마시지"
"우리 똥강아지도 슬슬 술맛을 배워야지"
인상을 쓰고 아버지를 나무라던 어머니의 얼굴이 일순간 어두워진다.
"또 건물주한테 연락 왔어요? 뭐라고 해요?"
아버지는 대답대신 소주를 잔에 따르더니 빠르게 입으로 향한다.
"아휴, 뭐라도 알아야 싸워볼 텐데"

어머니의 한숨 섞인 말이 저녁 상 위로 내려앉았다.

과거로 회귀하게 되면서 '우진'의 인생에 '동신'이 등장했습니다. 주인공이 빙의하게 된 인물인 만큼 앞으로 비중 있는 역할을 하게 될 것이라 짐작할 수 있습니다. 부모님의 말만 따르는 수동적인 삶을 살았던 우진은 동신의 가족과 살며 진정한 행복이 무엇인지 알게 되고 사회적 약자를 돕는 변호사가 되기로 결정합니다. 그리고 그 과정을 김우진에게 알려주려고 노력합니다. '그렇게 치열하게 살 필요 없다고 너도 행복을 빨리 찾아야 한다고' 말이죠.

> 나는 박동신으로 살기로 마음먹었다. 멋진 집도 고급차도 없지만 박동신에게는 행복이 있었다. 처음 느껴본 해방감이었다. 이제 무슨 일이든 자유롭게 할 수 있다. 기쁨이 하늘을 찌르는 나와 다르게 김우진은 쉬지 않고 공부 중이었다. 저 녀석은 아마 내 존재조차 모를 거다. 나도 그렇게 살아왔으니. 오늘따라 자꾸만 녀석의 굽은 등에 눈길이 간다. 그런데 나 말고도 녀석을 계속 바라보는 한 아이가 있다.
> '저런 애가 있었던가?'
> '김지원'
> 그녀는 언제나 같은 자리에서 하염없이 김우진을 바라보고 있다.

그리고 새로운 인물이 등장합니다. 과거의 우진을 좋아하는 지원과 그런 지원에게 끌리는 동신, 지원은 히로인 역할로 중·후반부를 견인할 중요한 인물입니다. 회귀와 빙의를 통해 현실에서는 알지 못했던 인물의 존재를 부각할 수도 있습니다.

> 학교가 끝나고 집에 오니 난장판이 따로 없었다. 아버지가 건물주와 멱살을 잡고 싸우고 있었다.
>
> "이런 법이 어디 있어요? 아직 계약 기간이 남았다고요!"
> "아, 그놈의 계약이 뭐 어쨌다고! 다음 달까지 집 비워 여기에 건물이 올라간다고! 건물이!"

변호사를 소재로 다루는 스토리니까 법이 빠질 수 없겠죠? 주인공의 현재 신분은 고등학생이지만 현생에서는 최연소 검찰 총장의 자리까지 갔던 사람입니다. 법과 관련된 지식은 빠삭하게 알고 있죠. 아버지가 눈치채지 못하게 적당히 얼버무리며 건물주의 코를 납작하게 누르고 같은 처지에 있는 주변 이웃까지 도와 끝내 훌륭한 변호사로 성장하게 됩니다.

이 스토리는 궁극적으로 행복을 지향합니다. 공감과 감동을 사이사이에 배치하고 진정한 사랑이 무엇인지 계속 언급합니다. 과거에는 모든 걸 다 가졌지만 행복을 놓치고 있던 주인공에게 인생에서 가장 중요한 것이 무엇인지 깨달음을 주며 독자에게 즐거움을 안깁니다.

김우진은 적대관계가 아닙니다. 박동신의 라이벌이자 박동신과 브로맨스를 보여주며 조금씩 성장하는 모습을 보여줄 것입니다. 모든 것이 완벽한 김우진을 이길 수 있는 건 오직 박동신뿐입니다. 지피지기면 백전백승입니다. 과거의 나를 어떻게 상대해야 하는지 아는 건 회귀한 나이니까요.

이렇게 스토리와 캐릭터의 설정이 정리되었다면 이제 사건을 만들어 독자가 몰입할 수 있게 배치합니다. 상황에 따라 위기에 처한 김지원을 구해주기도 하고 코믹한 부분을 가미해도 더 좋습니다.

> "이게 뭐야? 바나나 우유? 이렇게 맛있어도 되는 거야?"
> "야, 우진아. 너도 이거 한번 먹어볼래? 천국이 따로 없다니까?"
> "됐어, 꺼져. 말 걸지 말라고 경고했다."
> "하! 너, 콜라도 안 마셔봤지?"
> "…그딴 건 안 마셔."
> "좋아! 내기하자! 이번 중간고사에서 내가 너 이기면 이거 먹어보는 거다?"
> "…별 웃기는 놈 다 보겠네. 꺼져줄래? 공부해야 해."
> "내기는?"
> "네가 나를 이기겠냐?"
> "그럼 하는 거다! 얘들아! 다들 들었지? 내가 김우진 이기면 바나나 우유 먹기다!"

아이들은 웃으며 즐거워하고 박동신이 김우진을 이길 거라고 누구도 생각하지 않습니다. 하지만 이걸 해내는 것이 바로 주인공이죠. 볼품없는 상품이지만 바나나 우유가 가지는 복선은 김우진에게는 대단한 것입니다. 자신만의 루틴을 칼 같이 지키는 사람의 첫 일탈이니까요.

사건 배열의 중요성

이렇게 스토리는 흥미로운 사건들을 적재적소에 배치해 독자가 캐릭터에 몰입하도록 도와야 합니다. 평범하고 뻔한 일들도 주인공이 하면 특별하게 느껴지도록 말입니다. 그러려면 캐릭터의 배경이 필요하고 그 배경을 그럴듯하게 설정하는 것도 작가의 몫입니다. 또한, 과거의 나와 경쟁하기 적정한 시기도 생각해야 합니다. 과거 시점을 유치원으로 설정하면 주인공이 변호사가 되어 법정까지 가는 시간이 너무 오래 걸립니다. 이야기의 도입부가 고등학생 시절로 돌아가게 한 것도 시기를 고려한 설정이며 캐릭터에 개연성을 만들어 주기 위함이었습니다. 그래야 다시 현재로 돌아와 두 인물이 갈등을 겪어도 독자는 거부감을 느끼지 않습니다. 마지막으로 해당 스토리를 어느 연령대에서 소비할 것인지도 계산해야 합니다. 이 스토리의 결말을 아직 모르지만 짧은 이야기에 많은 것이 요약되어 있습니다. 독자는 이후의 스토리를 머릿속으로 그리고 작가는 독자의 상상력을 만족시켜주면 작품은 곧 대박나게 됩니다.

간혹 설정과 세계관에 너무 매몰되어 중요한 것들을 놓치는 경우가 있는데 이 스토리의 핵심은 김우진과 박동신입니다. 많은 인물이 등장하고 다양한 사건이 엮어져 있지만 결국 작가가 말하고 싶은 메시지는 두 인물을 통해 진정한 행복이 무엇인지에 대한 것입니다.

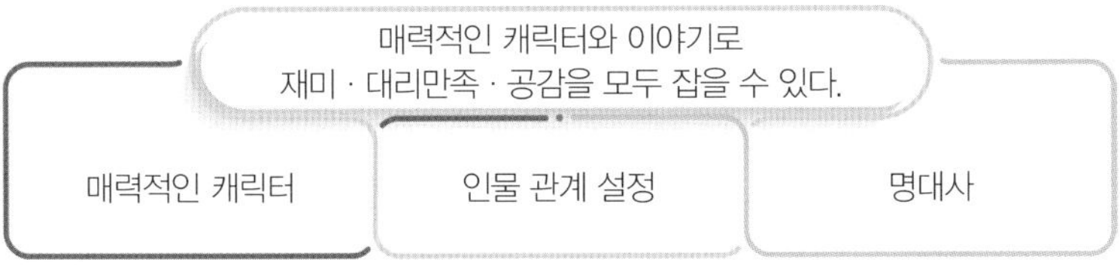

매력적인 캐릭터와 이야기로
재미 · 대리만족 · 공감을 모두 잡을 수 있다.

매력적인 캐릭터	인물 관계 설정	명대사

이제 주인공에게는 진정한 가족이 생겼습니다. 그리고 가진 건 없지만 자신을 지지하고 사랑해 주는 부모님의 품 안에서 법이 어떻게 쓰여야 올바른지 깊이 생각합니다. 법은 돈을 벌기 위한 수단이 아니라 모두에게 평등해야 한다는 것, 법은 권력자들의 전유물이 아니라 서민들에게도 가까이 있어야 한다는 것.

우리가 바라는 모습이 아닐까요?

작품의 메시지가 때론 사회의 고질적인 문제들을 해결하기도 합니다. 하지만 너무 지나치게 메시지에만 몰두하면 재미가 없어집니다. 웹소설의 1순위는 언제나 재미라는 것을 잊지 않아야 합니다.

자 이제 여러분도 나만의 스토리를 만들어보는 건 어떨까요? 세상은 언제나 우리들의 이야기에 귀 기울이고 있습니다.

잘 읽히는
문장과 문단 구성법

웹소설만의 작법을 습득해라

이제 콘텐츠의 경계가 조금씩 사라지고 있습니다. 웹툰이 영화와 드라마가 되고 심지어 뮤지컬로 각색되어 공연까지 하는 세상입니다. 하나의 작품이 다양한 콘텐츠로 파생되어 소비되고 있는 시점에 웹소설이 시대의 흐름에 잘 편승하려면 웹소설 작법을 확실하게 익혀 독자의 눈길을 사로잡아야 합니다. 그렇다면 웹소설 작법이란 무엇일까요? 이야기를 비교해 살펴보겠습니다.

> 퇴근길.
> 이맘때면 언제나 집으로 향하는 발걸음이 무거웠다. '벌써 시간이 이렇게 됐나?' 끔찍했던 사고 현장이 아직도 생생히 기억나는데 시간은 광속처럼 흘러 다시 그날을 데려오고 있었다. 연기가 자욱한 자동차 안 고통에 신음하던 부모님의 목소리와 동생의 울음소리가 뒤섞여 귓가에 잠시 맴돌았다. 구조를 기다리는 동안 동생은 내 품에 안겨 안정을 찾아갔지만, 아버지와 어머니의 상황은 알 수 없었다. 무언가 타는 매캐한 냄새와 불안한 적막감만이 나를 휘감았다.
> 당시 현장에 출동한 구조 대원의 말에 따르면 부모님은 사고 직후 얼마 지나지 않아 사망한 것으로 보인다고 했다.

얼마의 보험금으로 나는 대학을 무사히 졸업할 수 있었지만, 동생은 사고 후유증으로 걷지를 못해 학업을 중단했다. 무용수를 꿈꾸며 무대 위에서 가장 밝게 빛나던 아이는 허름한 방 안에서 하루가 다르게 시들어가고 있었다. 세상은 왜 내게 이런 시련을 주는지 모르겠다. 인간에게 주어진 시련과 고통은 이겨낼 수 있을 만큼이라고 누군가에게 들었던 것 같기도 하다. 집으로 들어가는 길에 동네 치킨집에 들러 치킨 한 마리를 주문했다. 오늘만은 나의 형편없는 요리가 아닌 동생이 좋아하는 음식을 먹이고 싶었다.

집으로 들어가 치킨 봉지를 소파에 올려놓고 청소를 시작했다. 다리가 불편한 동생은 하루의 대부분을 침대에서 보냈기 때문에 청결은 꼭 신경 써야하는 부분이었다. 동생은 유튜브에 빠져 내가 온 지도 모르는 거 같았다. 지금도 아마 방에서 스마트폰 화면만 뚫어져라 보고 있을 것이다. 청소기의 전원을 끄고 동생을 불렀다.

"수애야 오빠 왔는데, 치킨도 사 왔어!"

일부러 밝고 힘차게 말하며 방에 들어섰다.

"와! 오빠! 미안 영상 보느라 몰랐다, 오늘은 안 힘들었어? 고생많았어!"

현실 남매는 눈만 마주쳐도 싸운다고 하던데 우린 사고 이후 서로를 의지하며 잘 살아왔다. 거실 소파에 올려둔 치킨을 가져와 동생 앞에 내밀었다.

"오빠도 같이 먹자."

동생은 미안한지 자꾸 내 눈치를 본다. 내가 아빠였으면 한창 투정부터 부렸을 나이인데… 그런 게 눈에 밟힐 때마다 가슴이 아팠다. 그러나 내색하진 않았다. 내가 슬퍼하면 더 슬퍼할 동생이니깐 애써 웃으며 답한다.

침대에 걸터앉는데 자연스럽게 동생의 스마트폰에 시선이 갔다.

"요즘은 뭐가 재미있어?"

동생은 이 방면으로는 박사다. 온종일 동영상만 보고 있으니 모르는 게 없었다.

"드림이 1등 했어! 신인이 2주 만에! 대형 기획사도 아닌데 이런 경우는 진짜 드물거든!"

나는 동생이 말하는 가수가 누군지 모르지만 이렇게 동생과 앉아 도란도란 이야기하는 시간이 우리 남매의 유일한 소통 시간이었다.

일반소설 작법을 이번에는 웹소설 작법으로 바꿔보겠습니다. 어떤 차이가 있는지 생각해 보며 읽기를 권장합니다.

퇴근길.

'하…. 이 지옥이 언제 끝날까?'

나 혼자만 힘든 거라면 이 악물고 버틸 수 있지만 나보다 더 불투명한 동생의 미래를 생각하면 항상 목이 멘다.

빠앙-!

-야! 어딜 보고 다녀? 죽고 싶어!

"죄…죄송합니다!"

사거리 교차로, 나도 모르게 너무 차도와 가까이 서 있었나 보다.

'차라리…보험 왕창 들고 죽을까? 그러면 나보다 더 전문가분들이 수애를 잘 돌봐줄 수 있지 않을까?'

이런 나쁜 생각도 가끔 했다. 가족 간병인의 삶이란 건 닥쳐보지 않으면 누구도 공감할 수 없을 만큼 괴롭고 버겁다. 차라리 내 몸이 아프면 참고 말 텐데 날 보며 고통을 삼키는 동생을 보면 억장이 무너졌다.

집 앞 골목.

'오늘은 빈손이네.'

손은 가볍지만 어깨는 무거웠다. 하지만 이달은 아껴야 했다. 월급날까지 일주일. 그때까진 식비부터 줄이는 게 가장 효과적이란 걸 오랜 경험으로 알고 있었다.

지이이잉.

갑자기 울리는 진동에 주머니에서 핸드폰을 꺼냈다.

[장대리! 진짜 소개팅 안 받을 거야?]

팀장님이다.

[죄송합니다. 여유가 없어서요.]

[하! 알다가도 모르겠네! 그 잘생긴 얼굴에! 큰 키에! 뭐가 부족해서 맨날 혼자 궁상인데? 숨겨둔 애인이라도 있는 거지? 그렇지?]

그런 게 다 무슨 소용인가. 내가 누군가를 만나게 되는 순간 동생과 함께할 시간이 줄어들 텐데. 물리적인 시간보다도 나의 마음이 멀어질까 그게 더 두렵다. 나도 가끔 놓아버리고 싶을 때가 많으니까.

[죄송합니다! 마음만 받겠습니다! 팀장님!]

문자를 보내면서 무의식중에 앞으로, 앞으로…. 걸어가는데 코앞에서 굉음이 터졌다.

– 빠아아아아아아앙!

"…아? 아아아아…?"
콰앙——!

몸이 부웅 떠올랐다. 나는 분명 지금 중력을 거스르고 있다.
'내가 날고 있어?'
저 아래 희미하게 오토바이가 보였다. 설마 내가 저거에 부딪힌 건가?
'아프지 않아서 더 이상한 기분이야.'
찰나의 평화가 기괴하리만치 다정하게 나를 감쌌다. 그러다가,
'수애!'
번뜩 동생의 얼굴이 생각났다. 내가 다치면? 내가 아프면? 내가 정신을 못 차리면?
수애는? 수애는! 수애는?!

"…아, 안돼애애애애애애! 수애야아아아아아아…!"
비명은 더 이어지지 않았다. 머리가 전봇대에 부딪히며 의식이 완전히 끊겼다.

"어후! 그만 자! 휴게소라고! 언제까지 잠만 잘 거야! 야! 일어나라고!"
뭐지? 수애 목소리인데? 그것도 최근에 들어본 적 없는 사춘기 여고생의 까칠한….

"놔둬, 공부하느라고 피곤해서 그렇겠지. 아들! 화장실 안 갈 거면 더 자!"
아버지의 목소리다. 눈이 번쩍 뜨였다.

"어어엇?"

코옹!
나를 흔들어 깨우던 수애와 이마가 부딪혀버렸다.

"야! 뭐야! 아팟! 너, 죽을래?"

그래, 사춘기 시절 수애.
과거의… 수애.

"수애야!"
나도 모르게 동생을 와락 끌어안았다.

"허억…! 뭐야? 야! 미쳤냐? 뭐 하는 거야! 꺄-아! 놓으라고!"
나도 모르게 눈물이 흘렀다. 그리고 곧 깨달았다. 이 휴게소를 빠져 나오자마자 우리 가족은 대형 화물차와 충돌했다.

전형적인 클리셰를 사용해서 도입부를 만들어봤습니다. 두 작법의 차이가 느껴지나요? 우리가 순수문학이라 부르는 일반소설은 대사와 설명을 줄이고 비유와 묘사로 상황을 간접적으로 보여준다면 웹소설은 긴 장면과 대사로 상황을 직접적으로 보여줍니다. 그리고 세계관과 설정을 좀 더 붙여서 이야기의 폭(범위)을 확장하죠. 이처럼 장르마다 글쓰기 방법은 조금씩 다르지만 '꼭 이렇게 써야 해!'라고 정해진 원칙은 없습니다. 자유롭게 글을 쓰되 가독성 있는 문장을 쓰고 있는지 중간중간 점검만 잘 해주면 됩니다.

가독성, 누구나 읽을 수 있어야 한다

앞에서 일반소설과 웹소설 작법의 차이를 알았다면 이번에는 일반소설과 웹소설의 문장에 대해 알아보겠습니다. 눈에 띄는 차이는 바로 문장의 길이입니다. 순수문학의 경우 한 문장에 보통 2~3줄로 이루어진 장문이 지배적이라면 웹소설은 1줄로 끝나는 단문이 많습니다. 속도감 있는 전개를 위해 주로 사용하며 문장의 길이가 짧다 보니 오타와 비문의 양도 적어 독자의 몰입도가 높습니다. 다음은 대화입니다. 순수문학의 경우 글의 밀도를 위해 대화문을 최대한 지양하지만 웹소설은 지문보다 대화를 더 많이 활용하라고 할 정도로 대화의 비중이 큽니다. 대화문은 글의 분위기를 환기해 주는 감초 역할을 하기 때문에 극의 긴장도를 높이거나 재미를 극대화할 때 대화로 많은 것을 처리합니다. 이야기를 더욱 풍성하게 만드는 대화문을 만들기 위해 치열하게 고민하고 연구해 주세요.

우리는 많은 이들에게 깨달음을 주려는 게 아닙니다. 지식을 전하려는 것도 아니고 계몽을 위해 글을 쓰는 것은 더더욱 아닙니다.

읽혀야 합니다. 아이부터 남자, 여자, 노인… 세대와 성별을 가리지 않고 대중에게 쉽게 다가가야 합니다. 그 해답은 바로 가독성에 있습니다.

"수애야…. 엄마…. 아빠…. 이거 꿈 아니지?"

뒤의 이야기는 여러분이 이어서 써보는 건 어떨까요?

하루에 1편 쓰기

주 5회 연재를 어떻게 할 것인가?

과거 종이책 시절에는 1권, 2권의 권차 단위로 마감을 했지만 온라인 연재 시장으로 넘어오면서 작가에게 하루 1편 쓰기가 요구되고 있습니다. 주 5회 연재가 일반적이지만 작가의 역량에 따라서 7회도 가능하고 나아가 주 14회를 연재할 수도 있습니다. 어쨌든 쉬는 날도 있어야 하니 주 5회는 기본이라는 공식이 성립됩니다.

그런데 제가 지난 십여 년간 전업 작가로 살아보니 인생은 언제나 계획한 대로 흘러가지 않았습니다. 갑자기 코로나에 걸려 일주일간 글을 못 쓰게 될 수도 있고 내가 아니라도 가족이 아파서 간병을 해야 할 수도 있습니다. 이런 변수는 미리 안내문을 고지하면 독자도 너그러이 이해를 해주지만 그렇다고 모두 용인되는 것은 아닙니다. 주 5회 연재를 갑자기 주 3회로 줄이면 독자의 절반은 떨어져 나가는 걸 체감할 수 있을 겁니다. 그게 주 1회로 바뀐다면? 아무리 유명한 작가라고 해도 독자를 지켜낼 수 없습니다.

그래서 우리는 항상 만약을 대비해야 합니다. 주 5회 연재에 주 7회를 쓴다면 일주일에 2회씩 비축할 수 있습니다. 이 2회가 한 달이 되면 8편을 세이브(비축) 하게 되고 이렇게 모인 분량은 프로모션이나 연재할 수 없는 상황에 요긴하게 쓰입니다. 그래서 작가는 매일 글을 쓰는 것에 익숙해져야 합니다. 특히 오래 쉬면 감이 떨어지는데 이것은 운동과 비슷합니다. 매일 산책하던 분들은 하루만 쉬어도 좀이 쑤신다고 합니다. 우리도 마찬가지입니다. 매일 글쓰기 습관을 들이면 글을 쓰지 않은 날은 왠지 불안하고 초조해지며 이런 과정을 거쳐야 비로소 진정한 작가가 됩니다.

어쩔 수 없이 생업으로 인해 주말에만 쓴다고 해도 마찬가지입니다. 평일에는 업무에 매진하고 주말에는 화끈하게 글을 쓰는 습관을 잘 들인다면 주 5회 연재도 충분히 가능합니다. 많은 웹소설 작가들이 없는 시간을 쪼개어 작품을 만들고 있습니다. 때와 장소는 중요하지 않습니다. 주 5회라는 패턴만 내 몸에 완벽하게 익히면 독자와의 약속은 쉽게 지킬 수 있습니다.

일일 연재 습관 만들기

– 평일 자투리 시간과 주말을 효율적으로 사용합니다.

SUN	MON	TUE	WED	THU	FRI	SAT
10000자	**부업–**‘장면’ 위주로 스토리 구상, 메모는 필수!					15000자
스토리 구상	**전업–**하루 5000자 집필					휴식

빨리 연재하려는 생각은 버리고 내가 따라갈 수 있는 전략을 세워야 합니다(오늘 2편 썼다고 365일 2편씩 쓰는 건 아닙니다. 비축분을 쌓는 개념입니다).

성실한 작가가 되어라

최근 웹소설은 웹툰과 동시에 연재되는 경우가 많아져 피치못할 사정으로 원작이 연재를 중단해 버리면 웹툰도 갈 길을 잃게 됩니다. 작가는 작품을 끝까지 책임져야 합니다. 그것이 프로 정신입니다. 저는 십수 년간 수많은 작가를 보아왔습니다. 그중에서 대성하는 사람은 실력 좋은 천재가 아니라 늘 성실한 사람이었습니다. 독자와

웹소설은 손이 아닌 엉덩이로 만든다는 새로운 말이 생길 정도로 끈기와 성실의 비율이 50%를 차지합니다.

의 약속을 묵묵히 지키고 시작한 작품을 끝까지 완결하고 또다시 시작해서 끝을 내는…. 그런 작가는 발전을 거듭할 수밖에 없습니다.

잠깐 사담을 하자면 필자는 현재 웹소설 아카데미를 운영하며 카카오페이지에 『재능마켓』과 『너의 비급을 먹고 싶어』를 주 5회씩 연재하고 평일에는 진흥원과 sbs 아카데미 등에서 웹소설 창작 강의도 진행하고 있습니다. 두 작품을 연재하며 어떻게 이 스케줄을 소화하고 있을까요?

오랜 세월 글쓰기와 글 읽기를 생활화했기 때문입니다. 더 구체적으로 말하자면 이 모든 일의 시작은 하루 1편 글쓰기였습니다.

처음에는 1회 분량을 쓰는 것에 온종일 시간을 투자해야 할지 모릅니다. 그러나 하루 5000자를 시작으로 1회씩 매일매일 집필하면 머지않아 프로 작가처럼 글을 쓰고 있는 모습을 발견하게 될 겁니다. 습작을 통해 자신의 한계를 조금씩 깨보세요.

"열심히 살아온 것 같은데 같은 장소에서 빙글빙글 '원'을 그리며 돌아온 것 같아서 좌절했어. 하지만 경험을 쌓았으니 실패를 했든 성공을 했든 같은 장소를 헤맨 건 아닐 거야. '원'이 아니라 '나선'을 그렸다고 생각해. 맞은편에서 보면 같은 곳을 도는 듯 보였겠지만 조금씩은 올라갔거나 내려갔을 거야. 그런 거면 조금 낫겠지.

아니, 그것보다도 인간은 '나선' 그 자체인지도 몰라.

같은 장소를 빙글빙글 돌면서 그래도 뭔가 있을 때마다 위로도 아래로도 자랄 수 있고, 옆으로도…. 내가 그리는 '원'도 점차 크게 부풀어 조금씩 '나선'은 커지게 될 거야.

그렇게 생각하니 조금 힘이 나더구나."

– 영화 〈리틀 포레스트〉 中 엄마의 편지

필자가 인상깊게 봤던 영화의 대사 중 하나입니다. 늘 제자리걸음 같아도 묵묵히 걸어가 뒤를 돌아보면 우린 어느 방향으로든 간에 발자취를 남겨 왔다는 걸 알 수 있습니다. 지금은 인기 없는 소설을 쓰고 있다고 해도 꾸준히 글을 쓰고 있다면 언젠가 기회가 왔을 때 망설이지 않고 잡을 수 있습니다.

오늘부터 당장 한 줄이라도 쓰기 시작하세요. 글쓰기에 자신 없어 쓰는 것을 매일 미루고 도망간다면 아마 영원히 글을 쓰지 못할 겁니다. 넘어지고 깨지며 아물어봐야 합니다. 이런 지리멸렬한 과정이 있어야 내 글에 어떤 문제가 있는지 파악하고 고쳐 나갈 수 있습니다. 프로 작가로 살아가기 위해서

주 5회 연재는 기본이라는 걸 명심하세요.

팁을 하나 드리자면 본래 1회에 '기승전'까지만 쓰고 끝내야 후킹 포인트가 되어 독자가 다음 화를 기다립니다. 하지만 여러분은 '결'까지 미리 써두는 게 좋습니다. 그러면 다음 날 백지가 아닌 500~1000자 내외의 작업물이 보일 것입니다. 결말을 이어 쓰는 건 어렵지 않겠죠? 작가가 가장 고뇌하는 시간이 한 글자도 없는 깨끗한 백지 앞에서입니다. '기승전'을 이어서 오늘 연재를 마무리하고 '결'까지 써둡니다. 5000자 쓰는 건 같지만 이것 하나로도 많은 부분이 바뀔 것입니다.

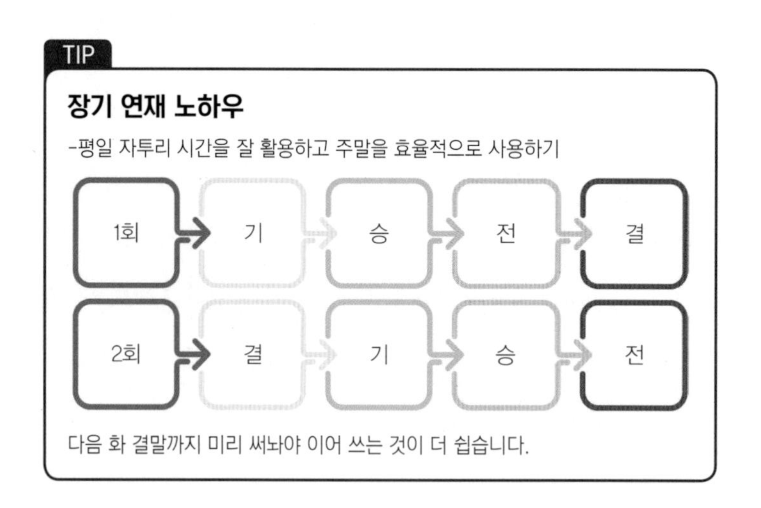

5000자 효율적으로 배치하기

5000자의 벽

웹소설은 5000자(공백 포함)가 넘어야 유료 서비스가 가능합니다. 소설 쓰기를 취미 생활이나 재미로 하는 거라면 상관없지만 수입을 생각하고 프로 작가의 자리를 노린다면 반드시 5000자의 벽을 넘어야 합니다. 예비작가에게는 이 숫자가 높은 산처럼 느껴질 수 있지만 곧 알게 될 겁니다. 5000자 쓰기는 어려운 일이 아니었다는걸.

장편을 빨리 쓰려면 먼저 글쓰기가 습관화 되어야 합니다. 하루에 적어도 몇 시간은 글을 쓰는 데 집중하겠다는 나만의 계획을 만들어 실천하세요. 어느 정도 글쓰기가 익숙해지면 웹소설의 주요 패턴을 사용해 이야기를 불려나갈 준비를 하는 겁니다.

웹소설의 주요 패턴

도전 ➡ 성공 ➡ 권선징악 ➡ 어려움에 빠진 사람 도와주기 ➡ 사랑 ➡ 행복 ➡ 우정 ➡ 가족이나 친구 ➡ 보상 ➡ 성장

패턴만 잘 써먹어도 1권 분량에 달하는 125000자는 쉽게 채울 수 있습니다. 주인공의 도전에서 5화, 주인공의 도전을 시기하고 괴롭히는 빌런과의 관계에서 3화, 응원하는 친구와 가족과의 관계에서 3화, 주인공의 사랑이나 행복에서 4화, 빌런을 이겨 보상을 받고 성장해 주변의 인정을 받는 결말로 3화를 구성한다면 1권이 끝나가죠. 웹소설은 어떻게 보면 이런 패턴의 반복입니다. 그리고 단편으로 짧게 끝나는 글이 아니기에 글을 쓸 때 이야기의 분위기도 고려해 주세요. 소설의 전반적인 분위기가 한없이 어둡고 그로테스크[2]하다면 회차를 거듭할수록 작품을 찾는 독자는 줄어들 것입니다. 시련이나 고난의 에피소드는 2, 3화로 짧고 굵게(밀도있게) 풀고 주인공의 행복과 성장을 향해 빠르게 나아가야 합니다. 그렇다고 너무 서두를 필요는 없습니다. 어두운 이야기가 전개에 꼭 필요하다면 분량을 조금은 늘려도 됩니다. 아무리 거창한 세계관이 있다고 해도 결국 독자가 몰입하는 것은 이야기와 캐릭터이니까요.

도입부 5000자로 독자의 시선을 잡아라

한번 상상해 보겠습니다. 남자와 여자가 무인도에 있습니다. 이제 무인도 곳곳을 탐험하면서 섬을 탈출하기 위한 단서를 모아볼 텐데요. 이 상황에서 여러분은 도입부 5000자를 무엇으로 채울 건가요? 지금 당장 해변의 무언가를

---

2 **그로테스크** : 이탈리아에서 유래된 말로 원래는 그림과 어울리지 않는 장소를 장식하기 위한 의장(意匠)을 가리키는 말이었으나, 오늘날에는 '기이하고 흉측스러운 것, 괴기한 것, 부자연스러운 것' 등을 형용하는 말로 사용됩니다.

찾아야 한다며 주변을 두리번거리는 상황만 그리고 있나요? 그렇다면 이야기에서 한발 물러서서 생각해 보길 바랍니다. 아마 독자가 기대하고 있는 건 무인도에 남겨진 두 남녀의 미묘한 감정일 겁니다. 캐릭터가 느끼고 있는 감정을 먼저 서술해 준 뒤 처한 배경을 묘사하고 주변을 탐색해도 됩니다. 다른 상황으로 가보겠습니다.

나는 8년 차 아이돌 연습생.

주어진 문장만 보면 연습생인 주인공의 미래가 예측 가능해 뒤의 이야기가 크게 궁금하지 않습니다. 독자의 호기심과 궁금증을 자극하지 못하면 실패한 문장입니다. 상황을 좀 더 구체적으로 만들어보겠습니다.

과거로 돌아온 그가 데뷔 초 BTS 멤버가 되었다?

어떠한 가요? '8년 차 아이돌 연습생'보다는 주인공이 처한 상황이 잘 그려지지 않나요? 과거로 회귀한 이유도 궁금하지만 유명 그룹의 멤버로 아이돌 생활을 시작한 주인공의 모습도 기대가 됩니다. 이번에는 상황을 완전히 바꿔서 살펴보겠습니다.

나는 대한민국 최강의 핵잠수함 선장이다.
나는 대한민국 최강의 이지스함 선장이다.

핵잠수함이나 이지스함이나 어떤 걸 선택하든 상관없습니다. 그런데 현재 문장만으로는 전혀 기대감이 생기지 않습니다. '핵잠수함의 선장인데 어쩌라는 거지?'란 의문이 듭니다. 자, 이제 이 평범한 문장에 판타지를 개입해 보겠습니다.

> '여긴 어디지?'
> 풍랑을 만나 기절했던 거 같은데 눈을 조심스레 떠보니 처음 보는 낯선 세계다.

어디서도 본 적 없는 낯선 세계도 좋고 아니면 우리가 잘 알고 있는 과거 역사의 어느 시대여도 좋습니다. 예를 들면 조선시대 혹은 삼국시대의 긴박한 전쟁 한복판처럼요.

> 내가 이 나라의 역사를 모조리 바꾸어 버리겠다.

주인공의 당찬 선포만으로 독자는 무수한 이미지를 머릿속에 그립니다. 이제 작가는 등장인물의 행복, 사랑, 성장, 인정욕구를 채워가면서 독자의 기대감을 회수하는 것이죠. 사람은 누구나 적응하면 무엇이든 할 수 있습니다. 단지 그것을 시작하느냐 혹은 하지 않느냐의 차이만 있을 뿐입니다. 도입부 5000자가 부담스럽다면 하루에 분량을 다 채울 필요도 없습니다. 오늘은 2500자, 내일 또 2500자를 집필해서 한 편씩 만들어가는 것도 방법입니다.

무턱대고 시작

사람은 우울할수록 본능적으로 행복하고 재미있는 콘텐츠를 찾아보며 슬픈 마음을 달랩니다. 나의 글로 누군가를 기쁘게 한다면 그것만으로 가치 있는 일이 어디 있을까요? 누구나 시작은 어렵습니다. 그럴 때일수록 자신을 믿고 한 발 한 발 천천히 용기 내 걸어가세요.

지금 습작 노트를 펼치거나 노트북을 켜주세요. 몇 가지 이야기를 만들어 보겠습니다. 먼저, 회귀, 빙의, 환생, 세 가지 클리셰 중에서 하나를 선택해 트리트먼트를 써보겠습니다. 트리트먼트는 일종의 줄거리라고 생각하면 편하지만 설명으로 나열되는 줄거리보다는 더 디테일하게 작성하는 구성입니다. 플롯 전체가 드러난다고 생각하면 편한데요. 작가 본인이 알아볼 수 있는 선에서 시작부터 끝까지 얼개를 짜보는 것입니다. 보통은 줄거리, 플롯, 캐릭터를 따로 생각하는데 트리트먼트에서는 소설의 본문처럼 써 내려가는 것이 좋습니다.

> 수만 번의 환생을 겪었다. 거미로도 모기로도 늑대로도…
> '언제까지 이런 삶을 반복해야 하는 걸까?'
> 점차 지쳐간다. 차라리 기억이라도 단절되었다면 이토록 미칠 것 같진 않았을 텐데.
> '뻐끔 뻐끔'
> '하… 이번에는 붕어인가…'
> 낚시꾼의 떡밥을 물지 않기 위해 고군분투하게 생겼군
> '나도 인간이 되고 싶다.'

위의 예시처럼 설명이나 묘사(필요하다면 해도 좋습니다)를 생략하고 생각나는 핵심만 써 내려가는 것이 트리트먼트입니다. 필자가 작품을 구상할 때 쓴 트리트먼트의 일부를 가져왔습니다. 함께 살펴봅시다.

트리트먼트 예시

어느 점집과 비슷한 분위기. 빨간 조명 아래 불상들이 기괴하게 빛나고 유선이 표정을 굳힌 채 주변을 힐끔거리다 자리에 앉았다.

처녀보살 : 뭘 그렇게 봐?
김유선 : 아… 네… 저 그…
처녀보살 : 여기까지 그냥 오지는 않았을 거고. 말해봐. 어떤 놈이야?
유선은 처녀보살을 보며 불신과 믿음이 혼재한 눈동자를 파르르 떨었다.
처녀보살 : 말 안 할 거야?
대뜸 반말을 하는 처녀보살. 그 기에 눌렸는지 유선이 우물쭈물하며 얘기를 털어놓았다.
처녀보살 : 그래서 그 남자와 잘해보고 싶다 그런 거잖아?
김유선 : 네… 그런데 그게 될까요?
처녀보살 : 되니까 여기까지 왔을 거고
김유선 : 하지만…
유선은 침을 꼴깍 삼켰다.
김유선 : 빙의라는 게 진짜 돼요?
처녀보살 : 그건 네가 얼마나 나를 믿느냐에 따라 달렸지. 간절해?
처녀보살의 눈을 똑바로 바라보던 김유선이 고개를 푹 숙였다.
김유선 : 네. 그와 잘 될 수 있다면! 목숨을 걸어도!

트리트먼트 연습

"여기가 어디지? 이 몸은 또 뭐고?"
몇 분 전만 해도 분명 도서관이었는데.
아직 꿈속인 건가? 테이블에 보이는 거울을 들어 보니 TV에서 몇 번 봤던 얼굴이 있었다. 한류스타 한석준 아니야? 설마 한석준이 나라고?
…

연습 글을 읽고 당장 떠오르는 사건이나 장면이 있다면 각자의 습작 노트에 이어 써 보세요. 지문으로 설명하는 것이 아니라 장면으로 보여야 합니다. 트리트먼트는 전체 이야기의 핵심만 짧게 보여주는 글이기에 주변 환경 묘사는 제외하고 대사 위주로 써줍니다.

트리트먼트 작성을 완료했다면 요즘 유행인 채팅형 웹소설 연습을 해보겠습니다. 채팅형 웹소설은 말 그대로 채팅의 메시지가 곧 이야기로 전개되는 신개념 웹소설입니다. 기존의 웹소설과 다르게 화면을 터치해야 메시지가 나와 이야기가 전개되므로 습작 시 장르의 특수성도 고려해 주세요. 앞선 필자의 트리트먼트 예시를 채팅형 소설로 변형하면 다음과 같습니다.

채팅형 소설 예시

청담동 / 점집 / 오후

n : 여느 점집과 비슷한 분위기

n : 김유선이 굳은 표정으로

n : 주변을 힐끔거리며 앉았다.

처녀보살 : 뭘 그렇게 봐?

김유선 : 아… 네… 저 그….

처녀보살 : 여기까지 그냥 오진 않았을 거고

처녀보살 : 말해봐. 어떤 놈이야?

n : 김유선은 굳은 표정이다.

n : 처녀보살을 보며 불신과 믿음이

n : 혼재한 눈동자를 파르르 떨었다.

처녀보살 : 말 안 할거야?

n : 대뜸 반말하는 처녀보살

n : 그 기에 눌렸는지 김유선이

n : 우물쭈물하며 얘기를 털어놓았다.

처녀보살 : 그래서 그 남자와 잘해보고 싶다

처녀보살 : 그런 거잖아?

김유선 : 네에… 그런데 그게 될까요?

처녀보살 : 되니까 여기까지 왔을 거고

김유선 : 하지만….

n : 김유선은 침을 꼴깍 삼켰다.

김유선 : 빙의라는 게… 진짜 돼요?

처녀보살 : 그건 네가 얼마나 나를

처녀보살 : 믿느냐에 따라 달렸지

처녀보살 : 간절해?

n : 처녀보살의 눈을 똑바로 바라보던

n : 김유선이 고개를 푹 숙였다.

김유선 : 네, 그와 잘 될 수 있다면

김유선 : 목숨을 걸어도

가독성을 고려한 단문 위주에 대사량도 현저히 줄어든 걸 알 수 있습니다. 채팅형 소설의 예시를 참고해 습작 노트에 작성한 트리트먼트를 채팅형 소설로 창작해 보세요.[3]

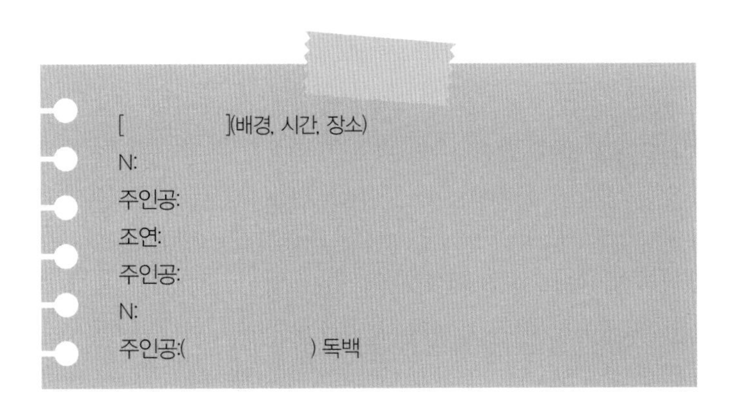

[ ](배경, 시간, 장소)

N:

주인공:

조연:

주인공:

N:

주인공:( ) 독백

3 채팅형 소설의 'n'은 'narration'의 줄임말입니다. 웹소설의 지문을 채팅형 소설로 변형할 때 'n'으로 작성하면 됩니다.

마지막으로 공모전이나 출판사에 원고 투고 시 작품의 내용을 개괄적으로 정리한 기획서(시놉시스)를 요구하는 경우가 있습니다. 앞에서 연습해 본 습작품을 바탕으로 간단한 작품 기획서를 작성해 봅니다.

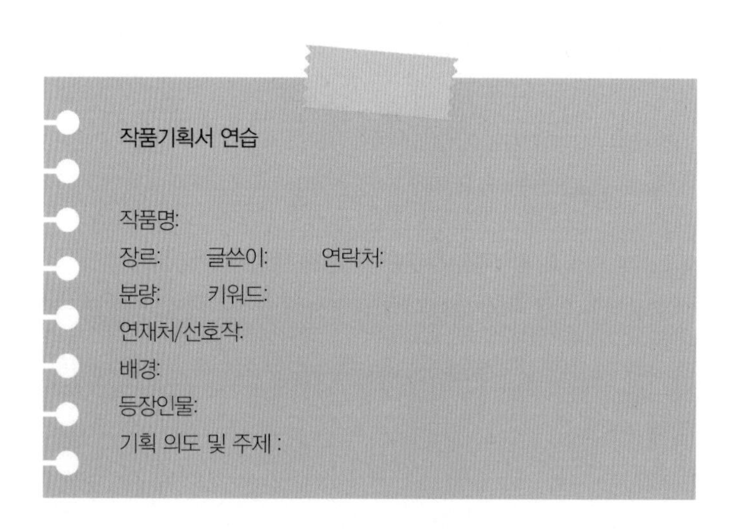

조급함은 글에 묻어난다

내가 작가의 꿈을 키운다면 글 실력 외에도 순발력을 길러야 합니다. 보통 연재를 시작하면 주 5일을 쉼 없이 달려야 합니다. 글이 매일 잘 써지면 좋겠지만 현실은 그렇지 않습니다. 이럴 때 멍하니 생각에 잠기지 말고 잠깐 휴식을 취하거나 떠오르는 이야기를 아무거나 끄적여 보세요. 낙서의 일부가 이야기의 실마리가 될 때도 있습니다.

주변의 동료 중에 분명 글도 잘 쓰는데 속도도 빠른 사람이 있을 겁니다. 몇 년에 한 번씩 등장하는 천재들과 자신의 실력을 비교하지 마세요. 나만의 이야기를 어떤 식으로 독자에게 들려주느냐는 훈련과 연습으로 얼마든지 해낼 수 있습니다.

그 누구도 하루에 1권을 쓸 수는 없습니다. 5000자 한편이 차곡차곡 모여 25편이 되고 그게 1권이 됩니다. 글쓰기는 마라톤과 같다고 했습니다. 특히 웹소설은 대다수 장편 연재라 호흡을 길게 보고 뛰어야 합니다. 서둘러 스토리에만 몰입하면 캐릭터의 개성이나 중요한 장면을 충분히 연출하지 못하고 개연성이 탄탄하지 못하면 2차 창작의 가능성도 낮아집니다.

글쓰기는 타협입니다. 작가 자신과의 타협이자 독자와의 타협이죠. 한정된 텍스트 안에 내가 어떤 걸 더 넣고 뺄지 끊임없이 고민해야 합니다. 내 고집만으로는 작품이 완성되지 않습니다. 독자를 생각하지 않고 독불장군처럼 집필한다면 그건 상품이 되기 어렵습니다. 그래서 처음에는 생소한 장르보다는 대중적인 장르를 선택해 글을 써보세요. 독자의 관심을 받게 되면 능률도 오르고 더 잘 쓰고 싶은 욕심도 생깁니다. 갈증을 해소하기 위해 물(재미)을 찾는 독자에게 모래(난해한 이야기)를 건네지 마세요. 독자를 무시하면 그곳은 곧 아무도 찾지 않을 겁니다.

돌, 나무, 물웅덩이 그리고 이름 모를 풀들로 재미있게 5000자를 채우는 것이 앞으로 우리가 해야 할 일입니다.

글쓰기는 마라톤입니다. 멀리 내다보지 못하고 조급하게 서두르려 하지 말자.

웹소설 작가로 오래 살아남기

1. 연재 시장에서 버틸 수 있는 체력과 올바른 길을 가고 있다는 정신력!

웹소설 작가는 앉아서 글만 쓴다고 생각할 수도 있겠지만 연재 기간이 길어질수록 자세에 따라 허리, 어깨 팔꿈치, 손가락 관절까지도 병에 걸릴 수 있습니다. 이 때문에 숙련된 작가들은 수영이나 요가, 달리기, 산책 등 자신만의 방법으로 체력을 기릅니다. 이런 시간은 단순히 체력과 건강을 지키는 것만이 아니라 책상에서 벗어나서 잠시 머리를 쉬게 하는 것에도 큰 도움이 됩니다. 자전거도 큰 도움이 되겠죠?

2. 한편으로 안 되면 두 편을, 그것도 부족하다면 세 편을 쓸 각오!

필력으로 기성작가를 당장 따라잡을 수 없다면 물리적으로 공평하게 주어진 시간을 이용하는 것이 가장 효과적입니다. 오늘의 나는 내일의 나와 다를 것이고 내년의 나와는 또 차이가 날 수밖에 없습니다. 점차 집필에 익숙해질수록 성장하고 발전하는 것이 당연합니다. 그때를 위해서 지금 나만의 기술을 개발해 보는 것이 어떨까요?

04

•

이야기 다듬기와 체크 포인트

원고 퇴고하기

쓰는 것보다 버리는 것이 더 어렵다

소설의 도입부를 살펴보며 퇴고에 대해 이야기해 보겠습니다.

> 불혹不惑.
> 옛사람들은 나이 마흔이 되면 유혹에 쉽사리 흔들리지 않는다고 했다. 현대인들에게 마흔은 어떤 의미일까?
> 잘 모르겠지만 적어도 내겐 서른아홉이나 마흔이나 더 뛰어야 하는 나이일 뿐이다.
>
> "강 선생. 점심 먹어야지?"
> 건너편 책상에서 김유신 선생이 툭 물었다.
> "예. 가시죠. 선배님."
> 나는 학원에서 중학생들에게 국어와 국사를 가르치고 있다. 월급이 많진 않지만 내가 잘할 수 있는 일 중의 하나였고 수업 시간도 자유롭게 조율할 수 있어서 좋았다. 무엇보다 요즘처럼 추울 때 실내에서 일할 수 있고.
> "아, 춥다. 추워. 돈은 구했어?"
> 건물 밖으로 나오니 찬 바람이 몰아쳤다. 뭐든 다 그렇겠지만, 끝물이 더 독한 법이다.
> "아뇨."
> "어휴. 나라가 어찌 되려고 이러나 몰라. 나는 작년에 막차 타서 다행이지만, 세 사는 사람들은 어떡하라고 올해부터 전세 난민들 장난 아니게 쏟아질

텐데. 집값 더 오를 거야."
나 역시 전세 만기가 올해 6월인데 그때까지 보증금 5천만 원을 올려달라는 집주인의 연락을 받았다. 돈 있는 사람들에게는 큰돈이 아닐지라도 내겐 하늘이 무너지는 소식이었다.
"뭐 먹을까?"
"싼 거요."
"쯧. 내가 살 테니까 밥이라도 든든하게 먹자."
"선배님 드시고 싶으신 거 드세요."
"그래! 날도 추운데 뜨끈한 국물! 좋지? 밥이 보약이라잖아!"
말은 그렇게 하면서 그는 허름한 식당으로 나를 데리고 들어갔다.
6,000원짜리 순댓국을 시켜놓고 그가 슬쩍 내 눈치를 보며 물었다.
"이맘때지?"
아내의 기일을 물어보는 거다.
"내일이요."
"아, 벌써 그랬나? 시간 참 빠르네! 사장님, 여기! 소주 한 병 줘요!"
"술 드시려고요?"
"괜찮아! 오늘 같은 날은 딱! 한 잔만 하자고!"
"제가 대작해 드릴 순 없을 것 같아서요."
"짠 만해! 짠 만!"
오후에도 수업이 있고 오늘은 끝나면 갈 곳도 있었다.

졸졸졸….
잔에 따른 소주를 바라보기만 했는데 입맛이 씁쓸해졌다.
"크으…."
소주를 들이킨 후 잔을 내려놓으며 그가 말했다.
"벌써 4년이잖아."
"네."
"이제 강 선생도 새 삶을 살아야 하지 않겠어? 민정이를 봐서라도."
"생각 없어요."
사실은 아내 생각이 너무 나서 새로운 사람을 만날 수 없었다. 아내는 나의 빛이자 전부였다. 무너진 세상 속에서도 이렇게 살아갈 수 있었던 것은 그녀가 남긴 작은 빛 때문이었다.
아내를 똑 닮은 우리 민정이.
"요즘, 돌싱은 흠도 아닌데 한 살이라도 젊을 때……. 그 우리 처제가 말이야…."

"진짜 생각 없어요."
나는 자신 있게 말할 수 있다. 다시 태어나도 아내를 만날 거라고 이 생에서 못다 한 사랑을 다 줄거라고.
"고집은…. 나중에 후회하지 말라고."
나를 생각해서 하는 말이라는 건 알지만 죽을 때까지 내 인생에 다른 여자는 없을 것이다.

점심을 대충 먹고 오후 수업까지 마친 뒤 서둘러 학원을 빠져나왔다. 도로변에 주차된 차에 올라탔다. 13년 된 중고 경차. 매번 운전석에 앉으면 혹시나 시동이 걸리지 않을까 조마조마하다. 요즘 같은 날씨에는 자주 문제가 생긴다. 배터리 교체하는 것도 몇 만 원이다.
열쇠를 몇 번 돌리니 요란한 소리와 함께 시동이 걸린다.
"휴우"
다행이다.

경기도 김포시 장기동
내가 아내와 이곳에 터를 잡은 이유는 간단했다. 수도권에서 가장 싼 아파트 전셋집이 여기 있었다. 하지만 최근 서울은 물론이고 경기도까지 전부 집값이 올라 이곳을 떠나면 진짜 갈 곳이 없다. 마음이 급하다. 서둘러 학교 정문 앞에 차를 세웠다.
돌봄 교실을 마치고 교문을 빠져나오는 아이들이 눈에 띄었다. 내가 늦으면 민정이는 밖에서 기다려야만 했다.
오늘은 내가 먼저 도착했다.
"아빠!"
민정이가 나를 발견하고 소리쳤다. 초등학교 1학년. 원래는 겨울방학 기간이지만 코로나 때문에 수업일수가 모자라 강추위에도 학교에 등교하고 있다. 대체 이 아이들이 무슨 죄인지….
"우리 예쁜 딸! 오늘은 어땠어?"
"오늘도 잘 놀았지! 히이!"
나는 딸아이에게 공부를 강요하지 않는다. 엄마 없이 자라는 것도 서러운데 그저 행복했으면 한다. 차라리 신나게 놀면서라도 엄마 생각을 빨리 잊길 바랐다.
"춥다! 빨리 가자!"
"응!"
우린 서둘러 차에 탔다.

"배는 안 고파?"
"점심 많이 먹었어! 고기랑 김치랑 먹고 만두도!"
이 녀석은 항상 이렇게 말한다.
"그래도 붕어빵 먹을까?"
"붕어빵…우움…배부르지만 먹어볼게. 대신 아빠도 같이 먹어야 해?"
달달한 팥고물 생각에 민정이 입에 벌써 침이 줄줄 고이는 게 보였다.
"그래! 당연하지! 붕어빵 사 가자!"
홀아비 아래 크면 금방 어른이 된다는 말처럼 민정이는 작년부터 내 눈치를 보기 시작했다. 먹고 싶은 게 있어도 절대로 먼저 말하지 않았다.
그게…눈물겹지만 나도 내색하지 않으려고 노력했다. 집주인에게 줄 보증금 5천만 원은 없지만, 오늘 우리 손을 녹여줄 3,000원은 있으니까.

붕어빵을 사서 집으로 들어왔다. 20년 된 낡은 아파트지만 우리에겐 너무도 소중한 곳이다. 그리고 나는 이곳을 떠날 수 없다.
아내와의 모든 추억이 다 여기에 있다.
'5천만 원….'
이자가 좀 센 대출을 몇 군데 알아보면 2천만 원까진 어떻게 마련할 수 있을 것 같다. 나머지가 문제인데….
힐끔.
거실로 시선을 돌리니 붕어빵을 손에 쥔 채 TV를 보는 민정이가 보였다.
웃는 모습이 아내와 너무나 닮은 아이다.
주방 식탁에 올려둔 낡은 노트북이 눈에 들어왔다. 아내가 내게 처음 사준 선물이었다.
꿈을 잃지 말라며, 당신은 내 영원한 영웅이라고
'그래, 쪽팔릴 거 없어. 이거로 몇 푼이라도 손에 쥘 수 있으면 그걸로 된 거야.'
나는 마른침을 꿀꺽 삼키며 '습작' 폴더를 열었다.
지난 십여 년간 틈날 때마다 써둔 소설, 시, 수필 같은 것들이 깊게 잠들어 있었다. 이것들은 거의 일기나 마찬가지였다.
'소설' 폴더를 열었다.

「검사 이서진」, 「서자의 반지」, 「재능마켓」, 「어게인 마이 라이프」, 「사상최강의 군주」

아내는 내가 쓴 소설을 좋아했다. 그 누구에게도 소설을 보여준 적이 없지만 이제는 이거라도 꺼내야 할 만큼 절박했다.

'세 편만 올릴까? 아니야. 그건 너무 짧지? 다섯 편 올리자.'

아내가 그리울 때마다. 삶이 힘겨울 때마다. 민정이가 잠든 밤. 나는 핸드폰으로 웹소설 플렛폼에 접속해 소설을 보고는 했다. 쓰는 것도 재미있지만 육체적으로나 정신적으로 너무 피곤하면 편하게 누워서 글을 읽는 게 가장 좋았다. 그러면 현실을 잠시나마 잊을 수 있었다.

'어떻게 등록하는 거지? 아. 이건가? 제목을 여기에 쓰는 거구나.'

내 글을 만천하에 공개한다는 게 부끄럽고 두려웠다. 욕하면 어떡하지? 아니, 욕이라도 먹으면 차라리 낫겠다. 무관심이 가장 서럽다고 들었다.

"됐다…."

처음이라 허둥거렸지만 1편부터 5편까지 연재가 등록된 것을 보며 심장이 빠르게 뛰었다.

1분 전. 조회수 0.

몇 번이나 퇴고한 원고지만 다시 1편부터 훑어보았다. 오탈자 하나 없이 띄어쓰기마저 완벽한 원고였다.

그렇게 다시 목록으로 넘어왔다.

"오! 누가 본 건가?"

1편부터 5편까지의 조회수가 모두 1이 되었다.

갑자기 얼굴이 빨갛게 달아올랐다. 누군가 내 글을 보고 있다는 생각에 다리가 떨렸다.

"아빠? 뭐해?"

"아, 아니야!"

나는 서둘러 노트북을 덮었다.

"붕어빵 다 먹었어?"

"응!"

"잘했네! 이제 씻고 저녁 먹을까?"

"응!"

착한 내 새끼. 떼쓰는 법도 없고 뭐든 스스로 하려고 노력한다. 돌봄 교실이 끝나면 혼자 집에 올 수 있다고 몇 번이나 말하곤 했지만 그건 내가 불안해서 못 견디겠다. 요즘 세상이 얼마나 무섭나? 여건만 된다면 나는 민정이가 어른이 될 때까지 늘 데리러 갈 거다.

"비누 칠 꼼꼼하게 해야 해! 세 번 헹구고!"

"응!"

욕실로 뛰어가는 민정이 뒤로 뱀의 허물처럼 툭툭 던져진 옷가지가 보였다.

저런 걸 보면 또 영락없이 애다.
나는 웃으며 옷가지를 정리하다가 식탁 위 노트북을 보았다.
그리곤 씁쓸한 입맛을 다시며 노트북을 방으로 치웠다. 글에 미쳤던 청춘이 떠올랐다. 민정이의 옷을 집어 들고 세탁기에 넣었다. 집안일은 정말 해도 해도 끝이 없지만 그래도 이 전쟁이 행복했다. 세상에서 하나뿐인 내 딸이 여기 있으니까.
'그렇지, 여보?'
거실 벽면에 걸어둔 결혼사진을 바라보았다.
아내가 웃고 있었다.

짧은 시간 만들어본 도입부라 어색한 부분이 많습니다. 이제 이 도입부를 가독성 있게 바꿔보겠습니다. 보통 스토리에서 가장 중요하다고 생각되는 부분부터 정리에 들어가는 게 좋습니다. 설정이나 세계관은 나중에 작업해도 되니깐요. 시작할 땐 독자가 소설에 빨리 몰입할 수 있도록 기대감만 남기고 이야기를 이어가야 합니다.

현재 도입부의 글자 수가 4500자가 넘어가는데요. 이걸 더 압축해서 무료 최소 분량인 3000자 이상으로 만들겠습니다.

"강 선생, 점심 먹어야지?"
맞은편에서 김유신 선배의 목소리가 들렸왔다.
"예. 가시죠, 선배님."
나는 동네 학원에서 중학생들에게 국어와 국사를 가르치고 있다.
"아, 춥다. 추워. 돈은 구했어?"
건물 밖으로 나오니 찬 바람이 휘몰아쳤다. 뭐든 다 그렇겠지만, 끝물이 독한 법이다.
"강 선생, 점심 먹어야지?"

맞은편에서 김유신 선배의 목소리가 들렸왔다.
“예. 가시죠. 선배님.”
나는 동네 학원에서 중등 국어와 국사를 가르치고 있다.
“아, 춥다. 추워. 돈은 구했어?”
건물을 나오니 찬 바람이 휘몰아쳤다. 뭐든 다 그렇겠지만, 끝물이 독한 법이다.
“아뇨.”
“어후. 나라가 어찌 되려고 이러나 몰라. 나는 작년에 막차 타서 다행이지만, 세 사는 사람들은 어떡하라고 그러나. 올해부터 전세 난민들 장난 아니게 쏟아질 건데. 집값 더 오를 거야.”
나 역시 올해 6월이 전세 만기인데 집주인에게 보증금 5천만 원을 올려달라는 연락을 받았다. 돈 있는 사람들에게는 별거 아닐지라도 내겐 하늘이 무너지는 소식이었다.
“뭐 먹을까?”
“싼 거요.”
“쯧. 내가 살 테니까 밥이라도 든든하게 먹자.”
“아니에요, 선배님 드시고 싶으신 거 드세요.”
“그래! 날도 추운데 뜨끈한 국물! 좋지? 밥이 보약이라잖아!”
말은 그렇게 하면서 그는 학원 근처 허름한 식당으로 들어갔다.
6,000원짜리 순댓국을 시켜놓고 그가 슬쩍 내 눈치를 보며 물었다.
“이맘때지?”
아내의 기일을 물어보는 거다.
“내일이요.”
“아, 벌써 그랬나? 시간 참 빠르네! 사장님, 여기! 소주 한 병 줘요!”
“술 드시려고요?”
“괜찮아! 오늘 같은 날은 딱! 한 잔만 하자고!”
“제가 대작해 드릴 순 없을 것 같아서요.”
“짠 만해! 짠 만!”
오후에도 수업이 있고 오늘은 끝나면 갈 곳도 있었다.

졸졸졸….
진하게 풍기는 알코올 향기에 소주잔을 바라만 봐도 입맛이 씁쓸해졌다.
“크으….”
그가 소주를 시원하게 들이켜더니 입을 열었다.

"벌써 4년이잖아."
"네."
"이제 강 선생도 새 삶을 상아야 하지 않겠어? 민정이를 봐서라도."
"생각 없어요."
사실 아내 생각에 사무쳐 새로운 사람을 만날 수 없었다. 아내는 내게 빛이었고 삶의 전부였다. 무너진 세상 속에서 내가 버틸 수 있었던 이유는 그녀가 남긴 작은 빛 때문이었다.
아내를 똑 닮은 우리 민정이.
"요즘 돌싱은 흠도 아닌데 한 살이라도 젊을 때…. 우리 처제가 말이야…."
"진짜 생각 없어요."
나는 자신 있게 말할 수 있다. 만약 다시 태어난다고 해도 또 아내를 만날 거고 이생에 못다 한 사랑을 마저 다 줄거라고.
"고집은…. 나중에 후회하지 말라고."
나를 생각해서 하는 말이라는 건 알지만 죽을 때까지 내 인생에 다른 여자는 없을 것이다.
…
서둘러 차를 몰아 초등학교로 갔다.
돌봄 교실을 마치고 교문을 빠져나오는 아이들이 보였다. 내가 늦으면 민정이는 추위에 떨고 있어야 했다. 자동차에 속력을 내 시간 안에 도착했다.
오늘은 내가 먼저 도착했다.
"아빠!"
민정이가 나를 발견하고 소리쳤다. 초등학교 1학년. 원래는 겨울방학 기간이지만 코로나 때문에 수업일수가 모자라 학교에 나가야 했다. 대체 이 아이들이 무슨 죄인지….
"우리 예쁜 딸! 오늘은 어땠어?"
"오늘도 잘 놀았지! 히이!"
나는 딸아이에게 공부를 강요하지 않는다. 엄마 없는 것도 서러운데 날마다 그저 행복했으면 한다. 차라리 신나게 놀면서라도 엄마 생각을 잊길 바랐다.
"춥다! 빨리 가자!"
"응!"
우린 서둘러 차에 탔다.
"배는 안 고파?"
"점심 많이 먹었어! 고기랑 김치랑 만두도!"
이 녀석은 항상 이렇게 말한다.

"그래도 붕어빵 먹을까?"
"붕어빵…우움…배부르지만 먹어 볼게. 대신 아빠도 같이 먹어야 해?"
달달한 팥고물 생각인지 민정이 입에 벌써 침이 줄줄 고이는 게 보였다.
"그래! 당연하지! 붕어빵 사 가자!"
홀아비 아래 크면 금방 어른이 된다는 말처럼 민정이는 작년부터 내 눈치를 보기 시작했다. 먹고 싶은 게 있어도 절대로 먼저 말하지 않았다.
그게… 눈물겹지만 나도 애써 내색하지 않으려고 노력했다. 집주인에게 줄 보증금 5천만 원은 없지만, 우리에게 손을 녹여줄 3,000원은 있으니까.

붕어빵을 사서 집으로 들어왔다. 20년 된 낡은 아파트지만 너무도 소중한 곳이다. 그리고 나는 이곳을 절대 떠날 수 없다.
아내와의 모든 추억이 다 여기에 깃들어 있다.
'5천만 원….'
이자가 좀 센 대출을 몇 군데 알아보면 2천만 원까진 어떻게 마련할 수 있을 것 같았다. 나머지가 문제인데….
힐끔.
거실로 눈을 돌리니 붕어빵을 손에 쥔 채 TV를 보며 웃는 민정이가 보였다. 저렇게 웃는 모습은 아내와 닮아도 너무 닮았다.
주방 식탁에 올려둔 낡은 노트북은 아내가 내게 처음 사준 선물이었다.
꿈을 잃지 말라며, 당신은 내 영원한 영웅이라며.
'그래, 창피할 거 없어. 이거로 몇 푼이라도 손에 쥘 수 있으면 그걸로 된 거야.'
나는 마른침을 꿀꺽 넘기며 '습작' 폴더를 열었다.
지난 십여 년간 틈날 때마다 써둔 소설, 시, 수필들이 고스란히 잠들어 있었다. 그중 '소설' 폴더를 열었다.

「검사 이서진」, 「서자의 반지」, 「재능마켓」, 「어게인 마이 라이프」, 「사상최강의 군주」

아내는 내가 쓴 소설을 참 좋아했었다. 하지만 나는 아내 외엔 그 누구에게도 소설을 보여준 적이 없다. 글 실력이 부족한 탓도 있고 부끄러웠다.
'세 편만 올릴까? 아니야. 그건 너무 짧지? 다섯 편 올리자.'
쓰는 것도 재미있지만, 아내가 그리울 때마다 웹소설 플랫폼에 접속해 편하게 누워 글을 읽는 게 가장 좋았다. 그러면 현실을 잠시나마 잊을 수 있었다.
'어떻게 등록하는 거지? 아, 이건가? 제목을 여기에 쓰는 거구나.'
내 글을 플랫폼에 올려 만천하에 보인다는 게 조금 두렵지만 욕이라도 먹으면 차라리 낫겠지. 무관심이 가장 서럽다는 말을 어디서 들은 것 같았다.
"됐다…."
뭔가 어설프긴 해도 1편부터 5편까지 업로드는 성공했다.
1분 전. 조회수 0.
몇 번이나 퇴고한 원고지만 다시 1편부터 훑어보았다. 오탈자 하나 없이 띄어쓰기마저 완벽한 원고였다.
그렇게 다시 목록으로 넘어왔다.
"오! 누가 본 건가?"

수정을 진행한 부분은 밑줄로 표시해 놓았는데 차이가 보이시나요? 민정이에 대한 사랑과 주인공의 현재 상황만 남겨놓고 불필요한 상황 묘사와 설명은 삭제했습니다. 글을 수정할 때는 확신이 필요합니다. 그 확신은 독서와 다양한 콘텐츠의 인풋에서 얻을 수 있습니다. 더 많은 작품을 보면서 어떤 점이 독자에게 사랑받았는지 파악해야 합니다.

본 예시 글은 여러분의 스타일에 맞게 한 번 더 퇴고해 보세요!

등장인물이나 상황, 판타지의 개입도 환영합니다!
나만의 이야기로 당장 바꿔보세요![1]

1 재미없는 부분을 버리는 것을 두려워하지 마세요. 다년간 현직으로 활동한 작가도 수정과 편집은 꼭 진행합니다. 삭제한 부분은 나중에 다른 곳에 쓴다 생각하고 오늘 연재분에 집중하세요.

과한 설명은 금물

> 미국에서 열린 UFC는, 스트라이커부터 그래플러까지 다양한 격투가들이 출전해 실전 싸움과 다름없는 열정적인 시합을 보여주며 수컷들을 열광시켰다. 경기 규칙을 최소화한 이 살벌한 격투 이벤트는 '브라질리언 주짓수'라는 무술을 세계 최고봉에 올려놓고 대회를 마감했다(그렇다고 해서 '주짓수'가 최강의 무술이라고 선언한 것도 아니다). 이후 미국 정부의 '방송규제'에 거대한 타격을 입으며 몰락의 길을 걷는 듯 보였지만, 데이나 화이트라는 청년 사업가에 의해 다시금 격투기 시합의 최고로 거듭나게 된다.

격투기가 소재로 사용된 소설의 한 부분을 가져왔습니다. 앞뒤 맥락은 잘 모르겠지만 어떤가요? 작가의 의도가 잘 느껴지나요? 지문만 읽어보면 이게 소설의 지문인지 기사의 일부인지 정확히 모르겠습니다. 소재에 대한 설명이 너무 장황한 결과입니다. 이렇게 불필요한 설명이 연이어 나열되면 독자는 피로감을 느낍니다. 소설에서 설명은 독자의 이해를 도와줄 수 있는 실질적인 내용만 남긴 채 깔끔하게 버려야 합니다.

> 격투기 사업의 흥행 역사와 '명승부의 승패 결과' 같은 디테일한 정보까지 모두 꿰고 있는 형철의 입장에서는, 어디서 무엇을 어떻게 시작해야 할지 그림이 쉽게 그려졌다.

처음보다 문장의 길이는 많이 줄었지만 오히려 주인공의 현재 상황이 잘 그려집니다. 퇴고할 때 반드시 주의해야 하는 부분입니다. 예를 들어 회귀 설정으로 미래 지식을 이용할 때 과도하게 설명과 정보를 늘어놓는 경우가 많은데 그러면 안 됩니다. 독자의 관심은 주인공의 머릿속이 아니라 행동입니다.

퇴고에 공을 들이면 정말 끝이 없습니다. 나만의 기준점을 만들어 그 중심을 어디에 두고, 어느 것을 가장 중심적으로 보며 퇴고할 것이냐의 답은 웹소설적 재미가 있냐 없냐로 단언할 수 있습니다.

TIP

퇴고 시 염두에 두어야 할 점

웹소설은 반드시 시작부터 기존 문학과 다르다고 생각해야 합니다.

- 스스로 주인공을 위한 보상에 인색하고 고난에 후하지 않은지 점검합니다.
- 작가가 꼭 필요하다고 생각하는 요소도 독자가 보면 필요 없을 때가 많습니다. 독자의 시선으로 읽어 봅니다.
- 무조건 가독성이 우선입니다(이후 복선, 설정 등을 생각하세요).
- 퇴고에 30분 이상 쓰지 않습니다. '내 글 구려병'에 걸릴 수 있습니다.

퇴고와 탈고 스킬

- 퇴고와 탈고가 글의 완성도를 높입니다.

- 집필 후 연재 시간을 두고 생각하는 습관
- 일일 연재 및 꾸준한 모니터링 추천
- 모든 글이 주인공 중심으로 쓰였는가 : 오타나 묘사의 완성도보다 중요
- 지루한 부분을 과감히 드러냈는가 : 과하게 늘어진 문단(대사, 의성어, 의태어 등)은 정리
- 마지막 500자가 흥미로웠는가 : 원하는 반응(이기는 결말)이 나오도록 유도
- 주인공이 얻은 보상&능력이 대단한 것처럼 포장
- 퇴고 때 빠진 글자 수만큼 주인공 꾸미기에 투자하라

타인에게 피드백 받기

나만의 장점과 단점 찾기

내가 쓴 원고를 객관적으로 평가하기란 매우 어렵습니다. 팔이 안으로 굽는다는 말처럼 작가는 어쩔 수 없이 자신의 작품을 관대하게 보거나 혹은 반대로 한없이 낮춰봅니다. 이런 일을 방지하기 위해 내 작품을 독자의 눈높이로 평가해 줄 조언자나 전문가를 찾아야 합니다.

웹소설 작가가 되어 매일 성실하게 글을 쓴다면 더할 나위 없겠지만 현실은 어려움을 느끼는 신인이 더 많습니다. 그건 내가 어떤 성향의 작가인지 정확하게 파악하지 못했기 때문인데요. 홀로서기가 편한 자립형이 있는 반면 누군가에게 의지하는 게 도움이 되는 사람도 있습니다. 사교성이 좋고 타인의 피드백을 적극적으로 수용하는 편이라면 출판사나 플랫폼과 계약해 함께 성장하는 것이 좋습니다. 숙련된 기획자나 편집자는 신인 작가의 고충을 잘 알고 있어 바른 길로 인도해 줄 것입니다. 하지만 그렇다고 파트너가 모든 것을 해주진 않습니다. 기본적으로 글을 쓰는 건 작가이기에 시장을 분석하고 트렌드를 읽으며 원고 작성 요령과 기준을 알아야 합니다.

작가로서의 장점을 많이 가지고 있다면 너무 좋지만, 치명적인 단점은 반드시 극복하고 보완해야 합니다. 특히 작가의 루틴을 만들지 못하고 불규칙한 생활 습관 때문에 연재를 펑크 내거나 글쓰기를 금세 포기한다면 혼자서는 이 시기를 극복하기 버겁습니다. 묵묵히 비축분을 쌓아서 이겨내거나 타인의 도움을 받아야 합니다. 이런 내 단점을 알고 있다면 지금이라도 동료가 되어줄 파트너에게 문을 두드려보는 건 어떨까요?

나의 장점 파악하기

- [x] 통통 튀는 대사로 구현하는 캐릭터
- [ ] 유머러스한 에피소드 구성력
- [ ] 서정적이지만 가독성 있는 지문
- [ ] 독자의 허를 찌르는 치밀한 복선
- [ ] 긴박한 상황 묘사

나의 단점 파악하기

- [x] 불규칙한 연재 주기
- [ ] 악성 댓글에 취약한 멘탈
- [ ] 부족한 전문 지식
- [ ] 타깃 독자층과의 괴리
- [ ] 대사/문장력/연출력 등의 한계

동료는 곧 재산

한 해에 수만 권이 넘는 웹소설이 출간되고 있습니다. 아무리 전업 작가라고 해도 매일 수십 권씩 쏟아지는 웹소설을 다 읽기란 어렵습니다. 그래서 우리는 정기적으로 모여 서로의 작품을 평가하고 분석하며 트렌드를 읽는 시간을 가져야 합니다. 그래야 유행에 뒤처지지 않고 내 글의 부족한 부분을 빨리 찾아 보완할 수 있습니다.

여성향 웹소설은 이야기가 짧은 만큼 복선과 개연성이 탄탄하게 깔려 있는지 확인해 줄 사람이 필요하고 반대로 남성향 웹소설은 이야기가 긴 만큼 에피소드가 비슷하게 반복되는 패턴화에 빠지지 않았는지 개연성이 떨어진 부분은 없는지 객관적인 시선에서 방향을 잡아줄 사람이 있어야 합니다.

점검해야 할 사항들을 따로 말하지 않아도 이 모든 걸 꼼꼼하게 봐줄 수 있는 사람은 동료밖에 없습니다. 동료는 가장 가까운 경쟁자이지만 때론 든든한 조력자가 되기도 합니다. 글을 쓰다 보면 우리는 양갈래 길 앞에 자주 서게 됩니다. 그 선택을 매번 혼자 내린다면 집필에 오랜 시간이 걸릴 수밖에 없습니다. 그런데 옆에서 누군가 함께해 준다면 작업 능률이 올라가겠죠?

휩쓸리지 말자

한 가지 조심해야 할 곳은 SNS와 소규모 커뮤니티입니다. 처음에는 서로를 진심으로 응원하며 건강한 피드백을 주고받지만 저의 경험상 얼마 지나지 않아 비난, 비판, 시기, 질투로 피드백의 의미가 쉽게 변질되는 걸 너무 많이 목격했습니다. 오프라인에서 직접 대면하여 합평을 진행할 때도 서로 예민해지는 순간이 있는데 온라인상에서는 더 극단적으로 치닫는 상황이 빈번하게 발생하는 것 같습니다. 웹에 기록이 남는 활동은 가급적 주의를 바랍니다. 작가로 데뷔한 후 과거나 현재의 말 때문에 오해를 받는 건 결코 유쾌한 일이 아닙니다.

TIP

좋은 동료와 협력자 찾기

최근 수많은 웹소설 아카데미가 생기고 정부에서도 지원 사업을 추진해 잘 알아본 후 좋은 요람에서 시작하는 것이 좋습니다. 또, 잠깐 취미로 한다면 모르겠지만 내가 진짜 프로 작가가 되려면 마음에 맞는 동료 및 전문가와 소통하는 것이 건강하게 작가 생활을 오래 이어나갈 수 있습니다.

검증된 파트너를 찾아야 한다

몇 년 전 아이돌 데뷔를 시켜준다는 달콤한 말로 가수 지망생의 돈을 갈취한 모 기획사 대표가 구속되는 사건이 있었습니다. 지금 우리 웹소설 시장에도 이와 비슷한 일이 자주 벌어지고 있습니다. 대기업도 뛰어들어서 지식재산권(IP) 전쟁을 하는 지금, IP를 노리고 수많은 웹소설, 웹툰 회사가 나타나 회사의 이익만을 위해 작가를 힘들게 하는 일이 늘고 있습니다. 시장이 커진 만큼 안타깝게도 당분간은 이런 일이 지속될 것으로 보입니다. 하루빨리 내 작품을 소중하게 다뤄줄 수 있는 파트너를 찾는 것이 중요합니다.

종이책 시절에는 타인에게 글을 배운다는 건 실용문에 한정된 이야기였습니다. 문학은 글재주가 있는 사람만 쓸 수 있다고 믿었기 때문입니다. 그러나 웹소설은 다릅니다. 끈기와 성실만 있으면 누구나 가능합니다.

기술이 발전한 만큼 많은 부분이 기계나 프로그램으로 대체되고 있지만 창작 능력만큼은 사람의 영역으로 오래 지속될 겁니다. 단어 하나를 조합해 한 문장을 만들고 그 문장이 모여 5000자를 이루면 웹소설 1화가 완성됩니다. 티끌모아 태산이란 말처럼 첫 술에 배부를 수는 없습니다.

하느냐 하지 않느냐.
'포기할까?', '조금이라도 더 해볼까?'의 이 기로에서 내게 원동력이 되어주고 나를 구원해 줄 타인은 멀리 있지 않습니다. 가까이에서 두 눈을 뜨고 잘 찾아보세요.

여러 사람의 이야기를 통해 내 글의 결함을 발견하고
더 좋은 방향으로 보완할 수 있는 발판을 삼을 수 있습니다.

성공적인 유료 연재와 장편·단편

긴 호흡

최근 웹소설 시장은 지나치게 짧거나 긴 이야기들로 작품의 순위가 변동되고 있습니다. 장르마다 조금씩 차이가 있지만 기존 원고량에서 적으면 1권 많으면 10권까지 분량이 대폭 늘거나 줄고 있습니다.[2] 아마도 작품을 오래오래 보고 싶어 하는 독자와 반대로 회차 수에 부담을 느끼는 독자의 니즈를 반영한 결과라고 볼 수 있습니다.

이런 흐름을 잘 파악해 작가는 소설의 기획 단계부터 여러 가지를 고려해야 합니다. 나는 어떤 플랫폼에서 얼마 정도 분량의 소설을 쓸 것인가를요. 나의 실력이 미숙하다면 장편보다는 단편에 도전하는 것이 좋고, 실력은 월등하지 않지만 그래도 일상의 아기자기한 부분을 잘 살린다면 중장편으로 가는 것도 나쁘지 않습니다. 각자의 집필 능력과 스타일을 되돌아본 후 원고의 분량을 정하고 그다음 연재 방식을 고민해 봐야 합니다.

2 본래 로맨스 2권, 로맨스 판타지 7권, 남성향 장편 10권으로 인식되었던 분량이 현재 로맨스 3권, 로맨스 판타지 10권, 남성향 장편 20권으로 늘었습니다.

유료 연재 방식은 크게 두 가지로 나뉩니다. 첫 번째는 플랫폼의 심사를 통과해 정식 연재 길을 밟는 것이고 두 번째는 나 홀로 웹소설 플랫폼에 도전하는 것입니다. 어느 관점으로 판단하느냐에 따라 차이는 있지만 연재 환경을 놓고 보면 전자가 훨씬 편합니다. 파트너(기획 PD, 편집자 등)가 옆에서 도와주며 최소한 플랫폼 허들을 넘을 수 있도록 긴밀히 협업하기 때문입니다. 만약 파트너 없이 홀로 플랫폼에 도전한다면 원고의 분량을 정해놓고 미리 차기작을 생각하는 것이 좋습니다. 이미 50화 분량까지 연재했는데 반응이 없다면 해당 작품의 미래는 밝지 않은 겁니다. 프로들은 보통 25화를 넘기지 않습니다. 고수는 10화를 연재해 보고 바로 연독률을 봅니다. 이렇게 치열하게 해야만 살아남을 수 있는 판이 자유 연재입니다. 이런 야생의 긴장감을 좋아한다면 과감히 시작해 보는 것도 경험을 쌓기에 좋습니다.

무료?! 유료?!

무료는 작품에 대한 대가를 작가에게 지불하지 않지만 유료는 작가에게 정당한 대가를 지불하기 때문에 독자는 작품 선택에 많은 고민을 합니다.

매일 수천 편씩 쏟아지는 유료 작품들 속에서 내 작품이 경쟁력이 없다면 순식간에 맨 뒤 페이지로 밀려나게 됩니다. 출판이란 작품의 흥행을 염두에 두기에 어쩌면 1명의 독자라도 더 보도록 하는 것이 궁극적인 목표일지도 모르겠습니다.

어렵게 데뷔했는데 작품의 성적이 저조하다고 좌절해 집필을 이어나가지 못하면 독자를 배신하는 것과도 같습니다. 집필을 시작했다면 흥행 성적과 관계없이 끝을 내세요. 그게 언제 또 다른 기회를 만들어줄지 아무도 모릅니다.

TIP

작품 성적이 생각과 다를 때

유료 성적이 나왔는데 작품이 크게 흥행하지 못했다면 이야기를 길게 끌지 않고 완결하는 것이 좋습니다. 어차피 IP는 확보됐고 나만의 소재와 캐릭터는 어느 정도 구축되었기 때문에 최대한 잘 마무리하고 차기작을 빨리 시작하는 것이 좋습니다.

전업 작가로 살아가려면 몇 작품이나 할 수 있을까요? 남성향 작품이라면 1년에 1작품, 10년을 해도 10작품이 전부입니다. 중간에 흥행이라도 해서 40권짜리 작품을 하나 썼다면 작품의 개수는 더 줄겠죠. 이제 막 시작한 작가는 내가 영원히 글을 쓸 수 있을 것 같지만 사실 30년을 활동한다고 해도 매일 꾸준히 집필했을 때 30작품을 남기기도 어렵습니다. 그 소중한 30개의 카테고리 중에서 하나를 어떻게 만드느냐는 오직 작가의 선택에 달려있습니다.

사담이지만 필자 또한 웹소설을 처음 시작할 때 한 달에 1권 쓰는 것도 벅찼습니다. 차기작을 구상하는 시간도 짧으면 6개월 길면 2년까지 걸렸습니다. 일반소설이라면 그 시간도 의미 있겠지만 유행과 흐름의 변동이 매우 빠르게 변하는 웹소설 시장에서는 무조건 도전하는 것이 정답입니다. 필자는 작년 한 해 20권을 썼습니다. 완결 후 곧바로 차기작을 쓰고 있고요. 목표는 50

작품을 남기는 것이고 이제 절반쯤 왔습니다. 누군가는 집필 속도를 보고 웹 소설의 대가라 부르지만 개인적으로 아직 대가의 반열에 올랐다고 말하기에는 미흡합니다. 계속 도전해야 하고 실패해 넘어져도 또 일어나는 것밖에 없습니다. 언젠가는 된다는 믿음으로 오늘 최선을 다한다면 독자도 여러분이 성장하는 그날까지 미소 지으며 기다려줄 것입니다.

장편과 단편은 플랫폼과 장르를 가르는 중요한 선택이며 여러분의 작가 인생에서 가장 큰 뿌리가 될 것입니다. 이건 써보기 전에는 알 수 없습니다. 처음에는 재미있었는데 가면 갈수록 미적지근하고 힘이 빠지는 것 같다면 중단편의 호흡이고, 반대로 처음에는 미약해도 중반부로 갈수록 압도적인 재미가 생겨난다면 장편 호흡인 겁니다.

> 내가 드라마 속에 들어와 버렸다고?

이 문장만으로 그려지는 장면이 있으신가요? 막 떠오른 문장이 있다면 잊어버리기 전에 얼른 습작 노트를 펼쳐 글을 쓰세요. 그게 바로 우리가 시작할 이야기입니다.

빠르게 작가로 데뷔하는 영리한 방법

시작하지 않으면 변하지 않아요

글을 읽어보니 '나도 한번 써볼 수 있겠는데?'란 생각이 들었다면 여러분도 작가가 될 최소한의 재능이 있다는 뜻입니다. 교과서 이후로 단 한 권의 책도 읽지 않고 살아가는 사람도 많습니다. 그런데 책을 즐기고 글을 써 볼 용기를 냈다는 것 자체가 이미 작가임을 방증하는 겁니다. 여기서 머무르지 않고 나아가 글을 잘 쓰고 싶다는 결심까지 했다면 빠르게 작가가 되는 세 가지 영리한 방법을 추천하겠습니다.

한국콘텐츠진흥원, 경기콘텐츠진흥원 등에서 진행하는 웹소설 아카데미는 사업 예산에 따라 다르지만 1년 3회 이상 진행하고 있으며, 그 인기는 꾸준히 증가하고 있습니다.

첫 번째는 아카데미를 이용하는 방법입니다. 과거에는 원고 자체를 출판사에 투고한 후 결과를 기다렸지만 이제 세상이 바뀌었습니다. 몇 개월씩 답을 기다리다가는 애꿎은 시간만 허비합니다. 한국콘텐츠진흥원이나 경기도 각 지자체의 콘텐츠 진흥원에서는 웹소설 아카데미를 운영하고 있습니다. 정부 예산으로 운영하기에 별도의 비용이 들지 않고 대부분 기본 이론부터 가르치니 당장 글을 써야 하는 부담감도 없습니다. 또한, 업체와 협력해 진행하므로 교육을 받는 것만으로도 출판사와 인연을 맺을 수 있습니다. 두 번째는 자유 연재 플랫폼에 연재해 보는 것입니다. 각 출판사에는 신인을 발굴하는 인력이 있습니다. 이들의 주 업무는 유명한 작가를 포섭하는 게 아니라 '자유 연재'에 글을 올리는 신인입니다. 믿기지 않겠지만 여러분이 5화 정도의 분량만 연재해도 출판사의 콘택트를 받을 수 있습니다. 물론 어느 정도 작가로서 싹이 보여야 하겠지만 작품이 있다면 일단 도전해보세요! 그것이 인생을 바꿀지도 모릅니다. 수백만분의 일 확률인 로또보다는 훨씬 가능성 있는 일이 아닐까요?

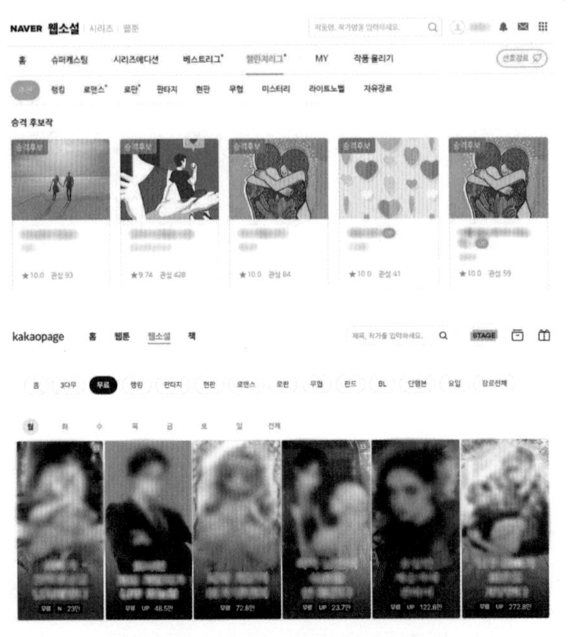

네이버 시리즈와 카카오페이지의 무료 연재 페이지

마지막으로 학교와 학원입니다. 비용이 든다는 단점이 있지만 학원은 많은 업체와 협력하고 현직 작가나 전문강사가 교육해 웹소설의 전반적인 지식이나 시장 동향을 빠르게 알 수 있습니다. 그리고 협력 업체가 많을수록 작가의 반열로 이끌어 줄 조력자가 많다는 뜻이기도 한데요. 곰곰이 고민해 보고 본인에게 맞는 방법을 선택하세요.

출판사에서 연락받는 꿀팁

앞의 방법이 모두 별로라면 정석대로 원고 투고를 진행해야 합니다. 수많은 작품의 홍수 속에서 어떻게 해야 편집자 및 기획 PD에게 내 작품이 눈에 띌 수 있도록 할까요? 우선, 글의 얼굴이라고 할 수 있는 제목으로 눈길을 끌어야 합니다. 독자의 호기심을 자극할 만한 단어나 문장으로 제목을 만들고 소개 글과 소제목 역시 최대한 꾸며줘야 합니다. 우리의 가장 큰 목적은 출판사 관계자들의 선택을 받는 것이기에 제목과 1화의 도입부는 무조건 신경 써줘야 합니다. 아랫글로 예를 들어보겠습니다.

제목 : 폭군의 후궁이 되었다.

'뭐? 내가 왕의 후궁이라고?'
어제까지만 해도 독서실 구석 자리에 앉아 초코 우유 마시며 시험공부했는데? 끝나고 떡볶이도 사 먹었는데!

–전하께서 드십니다!

전하라는 소리에 심장이 철렁 내려앉았다. 드르륵, 문이 열렸다. 무표정한 얼굴의 남자가 방으로 들어오고 있었다. 그는 나를 한 번 내려다보더니 자리에 천천히 앉았다. 그러고는 꾹 다문 입술을 열었다. 차가운 인상과 다르게 따뜻한 목소리가 너무 듣기 좋았다.

"아팠다고 들었다. 이제 괜찮은 것이냐."
콩닥, 콩닥 뛰는 심장 때문일까? 얼굴이 화끈거려서 미칠 것 같았다.
'내가 저 사람의 아내라는 거잖아!'
그의 곤룡포에는 왕의 문양이 선명하게 박혀 있었다.

짧지만 1화 도입부는 이 정도만 써줘도 완성입니다. 전형적이고 뻔한 것 같은 시작이어도 앞으로 어떻게 전개 하느냐에 따라 어디에서도 본 적 없는 새로운 이야기가 탄생되기도 합니다. 회귀, 빙의, 환생 키워드로 수만 종의 작품이 출판되고 있지만 내용이 모두 다른 것도 바로 그 이유입니다.

작품에는 작가의 인생이 스며듭니다. 같은 상황에서 작가마다 내리는 선택이 다르고 그 선택이 모여 이야기가 굴러갑니다. 저마다 쓰고 싶은 캐릭터가 있고 작품의 분위기가 있겠지만 도입부만큼은 재미와 공감을 선택하는 것이 좋습니다. 흥미를 유발해 독자의 시선을 끌고 그 이후 나만의 작풍을 터뜨리는 겁니다. 글을 하나 더 볼까요?

제목 : 간택 받지 못하면 죽음

"…이번에 네가 간택 받지 못하면 우리 가문은 정치적으로 밀려 멸문할지도 모른다."
"…아버님…어찌 그런…."
"미안하다. 나도 일이 이렇게 될 줄은 꿈에도 몰랐다. 하늘의 새도 떨어뜨린다던 좌찬성 대감이 하루아침에 역모로 끌려갈 줄 누가 알았겠느냐?"
"…제가 간택만 받으면 우리 집안은 괜찮은 건가요? 동생들도요?"
"최소한 목숨은 부지할 수 있지 않겠느냐? 왕세자의 후궁 집안을 대놓고 내치긴 어려울 것이니…. 네가 시간을 끌어주면 내가 어떻게든 길을 만들어보마."
4년이란 시간이 지나도록 회임 소식을 전하지 못한 현 세자빈을 내치고 어쩌면 조선의 국모가 될 수도 있는 매우 중요한 간택이었다.

즉흥적으로 만들어 본 이야기인데 읽어보니 어떠한가요? 뒷부분의 이야기가 조금은 궁금하지 않나요? 뭐가 되었든 중요한 것은 세계관 설정은 앞에서 최소한으로 하고 뒤의 이야기를 기대하게 만드는 게 도입부의 하이라이트입니다.

하나의 팁을 더 드리자면 어떤 배경을 중심으로 이야기를 썼는데 잘 풀리지 않는다면 글의 시점이나 주인공, 주요 소재를 바꿔도 좋습니다. 습작 시절에는 다양한 시도를 해봐야 합니다. 그래야 내가 어느 쪽과 더 잘 맞는지 빠르게 찾을 수 있습니다. 아래 남성향 글을 살펴보겠습니다.

제목 : 조선의 왕세자가 되었다.

참으로 고된 인생이었다. 죽음을 목전에 두었지만, 이생에 대한 한 치의 미련도 남아 있지 않다. 차라리 빨리 죽었으면 하는 마음뿐이다.

빠아아아아아앙!

–119는 언제 오는 거야?
–여기 차가 움직이질 않아요!
–살려주세요! 여기, 아이가 물에 빠졌어요!

강남역 일대가 물에 잠겼다. 서울의 부촌 중 하나인 여기가 이렇게 될 줄은 누가 예상이나 했겠는가?
'젠장…이렇게 죽는구나.'
이미 차 안은 물이 가득 찼고 문은 수압 때문에 열리지 않았다. 이런 돈도 없어서 대학도 못 가고 미친 듯이 일만 하다가 인생 종 치는 구나….
'이럴 줄 알았으면 연애라도 한번 해볼걸.'
왈칵 코와 입에 물이 들어차는 고통에서도 이런 생각을 하다니 나도 참… 허무한 인생을 살았구나.

뒷이야기가 어떻게 전개될지 예상이 되나요? 소설의 공간은 꼭 차가 아니어도 좋습니다. 반지하 집으로 바꿔도 되고 어느 빌딩의 1층 로비여도 됩니다. 다만 사회의 부정 이슈였던 사건을 소설로 가져올 때는 피해자도 생각해야 합니다. 누군가는 내 작품을 보며 트라우마로 남은 그날의 기억을 떠올릴 수 도 있으니까요.

지금까지 출판사에서 연락받는 1화의 도입부 세 가지를 살펴 보았습니다. 따로 또 같이 생각되겠지만 중요한 것은 궁금증 유발입니다.

하루 한 편씩 열심히 써서 수정한 후 무작정 도전하세요. 이 일주일이 여러분의 인생에서 가장 큰 모험이자 기회가 될지도 모릅니다.

심사위원을 사로잡는 공모전 필살기

1. 제목과 첫 페이지의 가독성, 흡입력!

심사위원도 독자입니다. 작품의 캐릭터나 세계관도 중요하지만 무엇보다 글이 잘 읽혀야 합니다. 작가가 무슨 말을 하고 싶은지 문장의 의미가 파악되지 않으면 말짱 도루묵입니다. 저 또한 수없이 많은 공모전 심사를 보며 가독성을 1차 기준으로 작품을 선별해왔습니다. 문장이야말로 독자를 불러오는 결정적인 요소입니다. 그러니 불필요한 것들은 도입부에서 최대한 제외하고 오직 가독성과 흥미 그리고 재미만 남겨야 합니다.

2. 첫날부터 전략을 짜서 순위권 유지하기! 비축분은 항상 옳다!

대형 플랫폼이 주최하고 큰 상금이 걸린 웹소설 공모전은 투고한 작품이 심사위원뿐만 아니라 모두에게 공개되어 30일에서 70일간 완주를 성공한 작품만 심사 대상이 됩니다. 그렇기에 비축분을 준비해두면 여유롭게 연재를 이어갈 수 있고 또 성적에 흔들리지 않아 페이스를 유지할 수 있습니다. 공모전은 작품의 완성도도 중요하지만 그다음으로 작가로서 끝까지 연재할 수 있는 부지런함과 성실성을 보기도 합니다. 공모전은 그걸 검증하는 자리라는 것을 잊지 마세요.

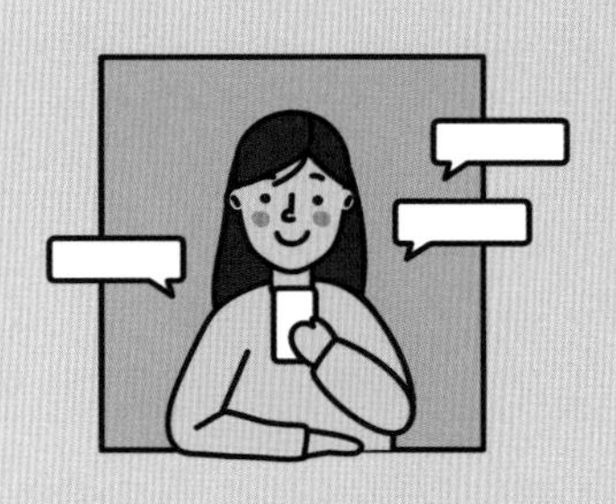

05

4차 산업과 웹소설의 미래

웹툰, 드라마, 게임, 광고 등 확장하는 웹소설

전성기가 왔다

웹소설이 미래 콘텐츠 산업의 기둥이 될 것이라는 말 혹시 들어보셨나요? 잘 만들어진 웹소설은 무형의 자원으로 물질 자원을 능가하는 엄청난 파급력을 지녔습니다. 훌륭한 원천 스토리는 여러 장르로 가공되어 서비스 되고 작품의 명성은 곧 재산이 되어 작가에게 윤택한 창작 환경을 선사하기도 합니다.

현대극 위주였던 공중파에서도 웹소설 원작을 바탕으로 한 드라마가 활발히 제작되고 있습니다. 작년 연말 대단원에 막을 내린 <재벌집 막내아들>만 하더라도 '회귀, 환생, 빙의'로 대변되는 웹소설의 판타지 코드를 드라마 콘텐츠에 잘 버무려 좋은 결과를 얻을 수 있었습니다(물론 원작과 다른 결말로 인해 논쟁이 있었지만, 방영 당시 방송 TV 화제성 드라마 부문 1위에 여러 번 오르며 인기를 과시했습니다).

삶이 고되고 답답할수록 사람들은 비현실적인 재미를 찾습니다. 아주 오래

전 우리 선조들도 고단함을 달래거나 유희를 위해 이야기를 지었고 구전되는 설화와 전설 등을 살펴보면 모두 판타지에서 기인하고 있습니다. 이 판타지가 웹소설의 핵심입니다.

기획해서 쓸 수도 있다

요즘 웹소설은 처음부터 웹툰이나 드라마를 염두에 두고 스토리를 구상하고 있습니다. 2차 창작을 생각하고 글을 쓰면 한정된 제작비로 빠르게 제작이 가능한 스토리 라인을 찾아 창작에 들어갑니다. 이유는 어떤 시대와 배경을 설정했느냐에 따라 비용 및 세트장 등 제작사의 고민이 깊은데 이런 부분을 작가가 먼저 챙겨준다면 제작사 입장에서는 '땡큐'를 외칩니다. 만약 내 작품이 드라마가 되길 바란다면 일상에서 흔히 벌어지는 소재로 독자의 공감을 얻고 거기에 판타지를 첨가하길 바랍니다.

예를 들어 내가 비밀 사내 연애중이라면 실제 작가의 경험이기에 글로 쓰면 감정을 디테일하게 살릴 수 있고 재미있는 포인트도 사용할 수 있겠지만 일반인의 연애는 사람들의 흥미를 불러일으키지 못합니다. 언제나 친절하게 고민 상담을 들어주는 단짝 친구라면 모르겠지만 우리가 집중해야 하는 것은 책을 읽는 독자 혹은 드라마를 보는 시청자입니다. 이들에게 내 이야기가 눈에 띄려면 방법은 하나밖에 없습니다.

흥미롭게 구성하는 것입니다. 그러면 이 사내 연애를 어떻게 바꿔야 할까요? 이미 우리는 콘텐츠를 통해 많은 답을 보았습니다. 남주인공이 회장님의 숨겨둔 아들이면 됩니다. 그리고 키가 커야 합니다. 또 무조건 잘생겨야 합니다. 다른 사람들에게는 매우 냉정하고 차갑지만 여주인공에게만은 한없이 다정다감해야 합니다. 심지어 어설프고 귀여운 실수까지 하면 더 좋습니다.

왜 남주인공이 잘생겨야 할까요? 이건 웹소설이기 때문입니다. 드라마에서 멋진 남주인공이 나오지 않으면 필패입니다. 누구나 멋있다고 느낄만한 캐릭터로 묘사하고 그가 멋지게 활약할 수 있도록 무대를 만드는 것이 작가가 할 일입니다. 웹툰도 마찬가지입니다. 남주인공의 포지션은 모두의 환상이자 바람입니다. '나는 평범한 사람의 일상을 쓰고 싶어!'라고 말하는 작가가 있을지도 모릅니다. 물론 그런 장르도 소수에게 읽히긴 하겠지만 웹툰이나 드라마, 게임은 철저하게 시장성을 계산합니다. 소설보다 큰 비용이 투자되어야 하는 만큼 '팔리지 않을 스토리'는 쉽사리 선택하지 않을 것입니다.

'왜 내 작품은 드라마가 되지 않을까?'라고 고민하기보다는 이미 나와 있는 드라마가 왜 제작되었는지부터 생각하고 분석해야 합니다.

대기업 평사원과 회장과의 로맨스 이야기를 다룬 웹소설 『사내맞선』.
2017년 8월 카카오페이지에 연재를 시작해 2018년 11월 완결을 맺었다.
웹소설의 인기에 힘입어 이후 웹툰과 드라마가 제작되었다.
(출처 : 카카오페이지, SBS)

웹소설 작가로 산다는 것

웹소설 작가는 감성을 앞세워 작품을 집필하는 것이 아닌 대중이 무얼 좋아하고 원하는지 파악해 스토리와 연출을 제작해야 합니다. '스토리의 가능성은 무한하다'라는 말이 있습니다. 우리는 작품을 통해 스토리의 위대함을 증명해야 합니다.

다시 앞의 이야기를 좀 더 확장해 보겠습니다. 평범한 내 남자친구가 회장님의 숨겨둔 아들이었습니다. 독자는 여기에 관심을 보이고 두 사람의 사랑이 어떻게 이루어지는지 그 과정에 흥미를 보입니다. 알콩달콩한 로맨스가 이어지다가 두 사람의 사이를 방해하는 악역 때문에 헤어질 위기가 찾아오기도 합니다. 인물 관계에 위기가 찾아오면 극의 재미는 배가 됩니다. 스토리를 만드는 것은 이렇게 점차 살을 불려가며 진행됩니다. 어떤 에피소드가 재미있을지 어느 부분이 늘어지는지 파악해서 적재적소에 요소를 배치하는 것이 작가가 해야 할 일입니다. 웹소설이 문학과 가장 다른 점을 꼽자면 '연출'입니다. 그저 이야기가 흘러가는 것이 아니라 상황의 몰입을 극대화할 대사와 분위기가 쓰여야 합니다. 그것이 설령 말이 안 돼도 '재미있다'면 독자들은 납득하고 열광합니다.

인생 2회차, 능력치 만렙 열혈 검사의 절대 악 응징기 『어게인 마이 라이프』.
2015년 3월 문피아에서 연재를 시작해 2016년 1월 완결을 맺었다.
웹소설의 인기에 힘입어 드라마가 제작되었다.
(출처 : 문피아, SBS)

이해날 작가의 대표작 『어게인 마이 라이프』가 처음 집필됐을 때 역시 그랬습니다. 작가도 처음부터 이 작품이 웹툰이나 드라마가 되리라고 상상도 못했습니다. 그러나 꾸준히 작품을 연재하고 마무리해 작가로 생활을 이어가다

보니 팬이 생기고 작품이 인기도 얻어 마침내 모든 꿈이 이뤄졌다고 합니다. 필자는 그 시간을 가까이에서 지켜본 장본인으로서 단언할 수 있습니다. 처음부터 꽃길을 걷는 작가는 없습니다. 따뜻한 봄에 시작했다고 해도 반드시 추운 겨울이 찾아옵니다. 초보 작가에게는 혹독한 겨울이겠지만 묵묵히 견디면 계절은 돌고 돌아 봄이 되고 우리의 머리 위로 꽃잎이 흩날리기 시작할 것입니다.

웹툰, 드라마, 영화, 게임 등으로 내 작품이 확장되는 건 참으로 기분 좋은 일입니다.

하지만 생각만으로 끝난다면 어떤 일도 일어나지 않습니다. 내 꿈을 현실로 만드는 건 오늘 내가 쓰는 글에서부터 시작합니다. 보잘것없다고 생각하지 마세요. 유치하다고 자책하지도 마세요. 세상의 그 어떤 스토리도 가치 없는 건 없습니다. 대중적이다 아니다로 나뉠 뿐 누군가에게 내 이야기가 가장 필요로 하는 시기가 있습니다.

학생에게 공부가 임산부에겐 관련 지식이 군인에겐 당장 최우선으로 익혀야 할 무엇이 있듯이 지금 내가 할 수 있는 이야기를 먼저 선택하는 것이 중요합니다. 그것이 훗날 『어게인 마이 라이프』가 될지 아무도 모릅니다.

2차 창작물을 염두한 글쓰기

무한한 변화의 파도

다양한 방면으로 재창조되는 웹소설을 보며 2차 창작은 어쩌면 필연일지도 모릅니다. 앞으로 가상 현실의 메타버스 영역까지 웹소설과 접목된다면 그 크기는 예측조차 어렵습니다. 2차 창작은 웹소설 보다 넓은 범주의 대중성을 지향하며 작가는 트렌드에 예민하게 반응해야 합니다.

'판타지'로 2차 창작의 대중성에 대해 살펴보겠습니다. 웹소설 독자들은 다양한 판타지 코드에 노출되어 더 자극적이며 기발한 것을 원합니다. 하지만 대중은 웹소설 독자만큼 판타지에 익숙하지 않습니다. '엘프'나 '드워프' 정도는 영화 및 다른 미디어를 통해 접해봤기에 상상해 볼 수 있지만 여기서 더 깊이 들어가 '놀'이라든지 '웜'과 같은 몬스터에 대해서는 설명이 따로 있어야 합니다. 이를 무시하고 이야기를 진행한다면 몰입도가 떨어져 이야기에 집중할 수 없습니다.

해서 2차 창작을 염두에 둔다면 작가는 '모두가' 아는 판타지를 기획하는 것이 좋습니다. 시간을 거슬러 과거로 돌아가는 타임 루프 설정을 예로 들겠습니다. 대부분의 사람은 과거를 바로잡고 싶은 욕망이 한두 가지쯤은 있습니다. 어느 지점에서 선택을 잘못했던 일, 사랑하는 이에게 고백하지 못한 날, 주식을 잘못 사서 큰 후회를 경험했던 순간 같은 사건은 능력만 있다면 되돌리고 싶을 것입니다. 우린 바로 이러한 것에 포커스를 맞춰야 합니다. 과거로 돌아간다는 행위 자체가 판타지가 되며 주인공은 그것만으로 '미래'를 알고 있다는 강력한 능력을 지니게 됩니다. 또한 살면서 얻은 경험까지 십분 활용할 수 있으니 초인적인 문제해결 능력을 통해 대중에게 재미있는 장면을 펑펑! 축제처럼 선물할 수 있게 됩니다.

필자는 늘 강조합니다. 주인공이 신비한 '능력'을 얻게 되었다면 작품에 이걸 잘 '써먹어'야 한다고요. 판타지가 던져주는 기본 재미에만 머무른다면 해당 작품의 특색은 금세 사라집니다. 주인공에게 타임루프 능력이 있어 먼 과거로 역행하게 되었다면 현생에서 배운 지식이나 경험을 사람들에게 알려줘 '영웅' 대접을 받거나 반대로 '외계인' 취급을 받게 하세요. 톡톡 튀고 참신함이 돋보일수록 보는 이들은 더 큰 즐거움을 느낍니다.

여기서 주의할 점은 그렇다고 너무 2차 창작에 몰입해 웹소설의 본질을 잊어서는 안 됩니다. 신인 작가는 우선 완성도 높은 작품을 집필해 흥행 반열에 이름을 올리는 게 먼저입니다. 제작사도 검토 시 이점을 굉장히 중요하게 생각합니다. 원작의 이야기에 얼마나 많은 이들이 공감하고 즐겼는지의 여부는 곧 2차 창작된 작품의 결과로 이어질 수 있기 때문입니다. 그리고 작품의 2차 창작이 결정되면 해당 시장에 맞게 다시 각색이 진행되니 웹소설 흥행 요소를 잘 버무려 집필하는 것에만 집중해 주세요. 정리해보자면 2차 창작의 핵심 요소는 크게 두 가지입니다.

1. 캐릭터가 살아 있는가.
2. 사건이 흥미로운가.

웹소설 캐릭터는 입체적으로 살아있어야 하고 전개되는 사건은 다채롭고 흥미로워야 합니다. 그래야 이야기 속에 독자를 오래 묶어둘 수 있습니다. 동화의 해피엔딩처럼 작가도 독자도 웹소설의 주인공이 끝내 행복하게 잘 살길 바랍니다. 우리는 결말의 그 행복감을 만끽하기 위해 주인공이 고난과 역경을 이겨내는 과정을 함께 지켜보며 동행하는 겁니다.

콘텐츠 포화 시장 속에서 웹소설을 하겠다고 마음먹었다면 허울뿐인 거창한 목표를 쫓기보다 많은 이에게 내 작품을 노출 시킬 수 있는 전략을 세우는 것을 과업으로 삼아야 합니다.

결합과 융합

우리는 웹소설 원작이 웹툰, 드라마, 게임으로 변신해 큰 인기를 얻는 걸 봐왔습니다. 모든 원작의 시초에는 그저 흥미로운 캐릭터, 스토리가 전부였을 것입니다. 지금 여러분의 머릿속에 있는 실체 없는 장면처럼요.

2차 창작 제작사들은 더 신선하고 재미있는 원작을 확보하기 위해 치열한 경쟁을 하고 있습니다. 작년 봄, 필자가 게임아카데미와 웹툰 아카데미에서 특강을 진행하며 많은 관계자를 만났는데 그런 얘기를 해주시더군요. 이제 다수의 웹툰과 게임 제작사도 웹소설 기반의 스토리 구성을 강렬히 원하고 있다고요.

2차 창작은 모두가 '원하는 장면'에서 나옵니다. 소설을 읽으면서 느낀 절대적인 공감이 시각화되었으면 하는 원동력이 되고 '웹툰으로 봤으면 좋겠어요', '드라마로 제작해 주세요'와 같은 바람으로 이어집니다. 대중의 니즈를 충족한 작가만이 2차 창작까지 도달할 수 있습니다.

2차 창작을 쉽게 하기 위해서는 모두가 편히 접할 수 있는 장르와 배경, 공감할 수 있는 스토리가 필요합니다. 기억하세요. 맑은 물에 판타지라는 잉크 한 방울을 톡 떨어트리는 작업은 우리의 몫이란 걸 그리고 그 잉크의 색이 어떻게 희석될지는 작가에게 달려 있다는 것을요.

글을 쓴다는 것은 어렵지 않습니다. 한 글자 한 글자 엮어서 작품을 만든다는 것이 어렵죠. 게임 퀘스트를 완료하는 것처럼 우리 책의 웹소설 코드를 하나 둘씩 습득해 나간다면 절대 의미 없는 시간을 보내진 않을 것이라고 단언할 수 있습니다. 작품을 집필하다 보면 어느 순간 내가 지금 올바른 길로 가고 있는지 확인하고 싶은 순간이 오게 될 것입니다. 그럴 땐 잠시 글쓰기를 중단하고 곰곰이 생각해 보세요. 나는 지금 대중을 염두에 두고 스토리를 만들었는지 내 캐릭터는 대중에게 사랑받을 자격이 있는지 꼬리에 꼬리를 물고 생각을 이어가다 보면 해답이 보일 겁니다.

4차 산업의
핵심,이야기

상상력이 콘텐츠가 되는 마법

한국인의 상상력이 날개를 달고 비상하는 시대가 왔습니다. 과거에는 우리가 미국이나 일본의 콘텐츠를 보고 열광했다면 이제 영화, 드라마, 게임까지도 한국인이 만든 콘텐츠가 주목받고 있습니다. 글로벌 OTT 플랫폼이나 웹툰은 이제 한국을 빼면 이야기가 되지 않습니다.

이야기 즉 원천 IP는 미래 콘텐츠 시장에 가장 저자본 고효율을 보이는 산업으로 특히 웹소설은 작가 혼자서 모든 것의 토대가 되는 뿌리를 만들어낼 수 있어 더 매력적입니다.

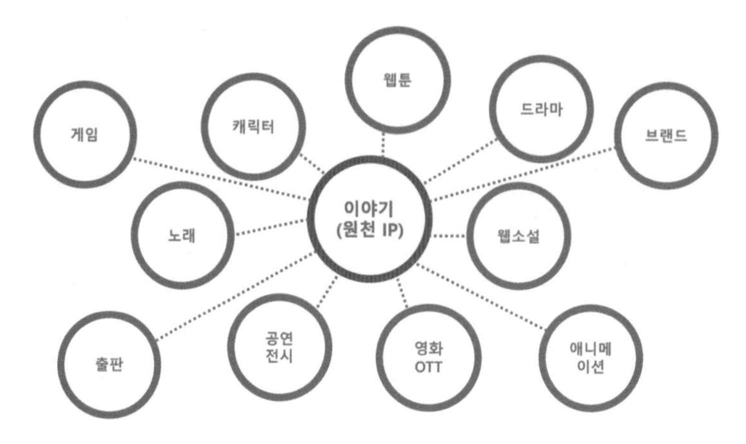

양질의 이야기를 지속적으로 개발하여 다양한 콘텐츠 산업에 부가가치를 극대화하는 것이 현재 글로벌 콘텐츠 산업의 핵심입니다.

국내 대기업들은 솔솔 풍겨오는 돈 냄새를 맡고 이미 IP 사업에 막대한 투자를 쏟아붓고 있으며 해외에서도 대규모 투자가 이야기 산업에 흘러들고 있습니다. 수십 년간 원고(소설이나 시나리오) > 영상으로 구축되었던 시스템이 최근 다양한 방법으로 확장되고 있으며 웹소설, 웹툰, 드라마가 동시에 함께 기획되어 세상에 나오기도 합니다.

IP는 우리의 상상력으로부터 파생합니다. 국격을 넘어 쉽게 부가가치를 창출할 수 있는 강력한 산업이 바로 이야기이며 우리는 4차 산업의 카테고리 중에서도 누구나 쉽게 도전할 수 있는 창작으로 1인 기업가가 될 수 있습니다.

그래픽 노블

이야기 산업의 흐름에 맞춰 다양한 업체가 탄생하고 기발한 사업이 시도되고 있습니다. 만약 본인이 장편처럼 긴 이야기를 창작하는 것에 자신이 없다면 짧은 스토리로 시장에 대응할 수 있습니다. 그중 하나가 바로 그래픽 노블[1]입니다. 그래픽 노블은 글과 그림이 혼재되어 있고 분량도 1권으로 끝나는 지극히 간단한 이야기 구조를 지닌 것이 특징입니다.

- 그래픽 노블은 '소설만큼 깊은 텍스트'와 기존의 만화(코믹스)보다 더 예술적인 그림의 결합입니다.
- 대중들에게는 예술성이 높은 만화 정도로 인식됩니다.
- 올 컬러에 한 컷 한 컷이 단독 일러스트로 내놔도 손색 없는 퀄리티로 제작됩니다.
- 연재형이 아닌 이야기가 완결된 구조로 IP 사업 확장에 최적화된 장르입니다.

주로 북미권에서 시작되어 유럽 및 아시아로 시장을 구축했고 이제 한국에서도 마니아층이 생길 정도로 탄탄한 수요가 있습니다. 그래픽 노블도 IP가 핵심입니다. 이야기가 없으면 캐릭터도 만들 수 없고 캐릭터가 없으면 그림을 그릴 수 없습니다.

---

1 그래픽 노블이란 용어는 전통적인 코믹북과의 구별을 위해 생겨났습니다. 우리에게 익숙한 만화책의 형태를 갖고 있지만, 이야기가 완결된 구조를 취하고 소설처럼 완결성을 지닌 이야기라는 뜻으로 그래픽 노블이라 부르게 되었습니다. 여기서 중요한 것은 노블이라는 단어는 완결성이라는 소설적 특징을 나타내기 위해 사용했습니다.

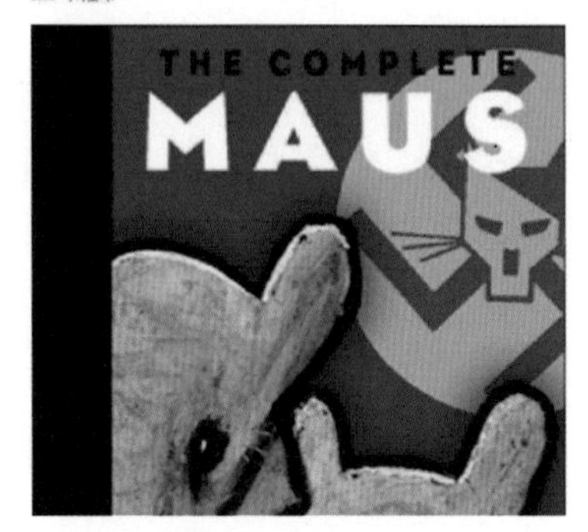

10년새 그래픽 노블 판매량 7배 '쑥'..."만화 분야 외연 확장"

만화와 소설 중간 형식의 작품 분야
20~40대 여성이 주요 구매층

등록 2021-03-16 오전 10:22:51
수정 2021-03-16 오전 10:22:51
김은비 기자

[이데일리 김은비 기자] 최근 그래픽 노블의 약진으로 만화 분야의 외연이 확장되고 있는 것으로 나타났다.

그래픽 노블의 인기를 실감할 수 있는 뉴스 기사
(출처 : 이데일리)

그래픽 노블의 시장이 점점 커지면서 다양한 '맛'이 요구되고 있습니다. 어떤 독자는 장편을 좋아하고 어떤 독자는 짧은 콘텐츠를 원하고, 독자의 요구를 충족시켜 주기 위해 머지않아 한 곳에서 여러 IP를 확보할 수 있는 'IP 은행'이 출범하게 될지도 모릅니다. 좋은 점은 짧은 그래픽 노블 안에 모든 스토리와 캐릭터를 담기 위해 제작사는 각각의 IP 구매 후 입맛대로 각색하면 됩니다. 4차 산업에서는 누가 얼마나 재미있고 참신한 이야기를 만드느냐에 따라 모든 가치관이 변하게 될 것입니다.

오디오북이나 전자책, 그래픽 노블과 채팅 소설까지. 불과 십수 년 전만 해도 산업이라 부를 수 없던 작은 시장이 이젠 황금알을 낳는 거위로 자라가고 있습니다. 앞으로 이 시장은 더욱 커질 것이며 관련 산업도 무궁무진하게 발전할 것입니다. 처음에는 막연하고 어렵게 느껴질 수도 있겠지만 그 시작은 우리가 쓰는 첫 문장에서부터입니다.

기술의 발전

최근 대형 플랫폼에서 누구나 쉽게 웹툰을 제작할 수 있도록 채색을 도와주는 서비스를 시작했습니다. 천천히 따라 하다 보면 어렵지 않게 UI를 구축할 수 있고 세상에 하나밖에 없는 나만의 웹툰이 완성됩니다. 빅데이터와 AI를 기반으로 한 기술의 발전은 향후 시장의 판도를 뒤흔들 만큼 고속 성장하고 있습니다.

불과 몇 년 전까지만 해도 이런 일들은 상상 속에서나 가능했지 이렇게 빨리 실제화될 거라곤 생각하지 못했습니다. 머지않아 기술은 창작자를 더욱 편한 환경에서 작업할 수 있도록 도와줄 것입니다. 특히 물리적인 시간과 비용을 아끼는 부분에서요.

단적인 예를 하나 들어보자면 웹소설과 웹툰에는 반드시 표지가 필요합니다. 표지는 퀄리티에 따라 가격이 다양합니다. 적게는 50만 원에서 많게는 400만 원 사이로 형성되어 있고 작업시간은 짧으면 2주에서 길게는 한 달까지 소요됩니다. 사람만이 할 수 있는 창작의 영역으로 대우받던 표지 시장에도 최근 변화의 바람이 불고 있습니다. 바로 AI가 그린 일러스트 표지의 등장 때문입니다.

AI가 그린 표지 일러스트

키오스크가 도입될 때도, 자율주행 자동차가 나올 때도 사람들은 걱정했습니다. 기계가 사람을 지배하게 된다고 말입니다. 하지만 다가오는 미래의 변화와 기술의 발전을 거스를 순 없습니다. 낯선 것에 대한 거부감은 사람이라면 누구나 가지고 있습니다. 이 또한 시간이 해결해 줄 문제입니다. 미술의 영역을 넘어 AI가 창작한 소설도 발표되고 있는 마당에 우리는 이제 조금씩 받아들이는 준비를 해야 합니다.

AI가 그린 일러스트 표지의 수정 사항

아직은 AI가 완벽하지 않아 어쩔 수 없이 사람의 품이 들어가지만, 이전보다 표지 작업 시간이 몇 배나 단축되고 가격 또한 비교할 수 없을 정도로 낮아질 것입니다. 또한, 현재의 플랫폼 시스템에서 표지를 넣으려면 무조건 '유료'화가 되어야 출판사의 지원을 받아 표지를 의뢰하지만 이젠 처음 도전하는 작가들도 AI의 도움을 받아 쉽게 표지를 삽입합니다. 시작부터 독자의 눈에 띌 수 있는 것입니다. 표지의 유무는 연재 시장에서 절대적인데 그 허들을 대폭 낮추는 것입니다. 이제 누구나 글과 그림(일러스트, 삽화, 표지) 소설과 웹툰을 사고팔 수 있는 플랫폼이 구축되고 있으며 그림 실력이 아니라 '컴퓨터만 잘 다루면' AI와 함께 나만의 웹툰을 만들 수 있는 날도 곧 찾아올 것입니다.

AI 일러스트는 지속적인 모니터링과 개발로 꾸준히 학습을 이어가 오류를 줄이고 있습니다. 아직은 표지로 쓸 수 있는 한 장짜리 일러스트만 만들고 있지만 학습한 캐릭터의 연속된 그림을 계속해서 만들어낼 수 있다면 그것에 이야기를 넣어 웹툰이 되는 것입니다. 물론 AI가 아무리 발전해도 시장 전체를 지배하진 못할 것입니다. 창작의 영역은 오롯이 사람의 영역이고 창작자를 보조할 뿐 AI 자체가 재미있는 IP를 만들어낼 순 없습니다.

기술을 이용해서 작업시간을 줄이고 그렇게 줄인 시간을 더 재미있는 창작활동에 힘쓴다면 창작자들은 지금보다 훨씬 윤택한 삶을 누릴 수 있을 것입니다. 웹툰에 막대한 비용이 들어가는 이유도 바로 이 물리적인 시간 때문인데 웹툰 작가들은 늘 과로에 시달리고 있고 그것을 해결해줄 수 있는 것이 바로 기술입니다. 그렇게 웹툰이 더 쉽게 저비용으로 만들어질 수 있다면 우리 웹소설도 많은 작품이 웹툰화 될 것이고 그것이 드라마, 영화로 확장해 더 큰 4차 산업을 선도하게 되는 것입니다. 곧 다가올 미래, 두근거리지 않으신가요?

당신도 작가가 될 수 있다! Q&A

Q : 재미라는 게 뭘까요?

A : 재미는 판타지가 개입하는 시점입니다. 필력으로 재미를 만들어내는 것이 아니라 웹소설 특유의 판타지가 얼마의 기대감을 주는지가 핵심입니다.

Q : 오컬트 장르에서 종교적인 상징을 써도 될까요?

A : 오컬트 장르라면 가능합니다. 본래 종교, 정치 같은 이슈는 지양해야 하지만 오컬트는 그 기원이 종교와 닿아있기에 소재로 사용할 수 있습니다.

Q : 채팅형 소설과 웹소설은 무엇이 다른가요?

A : 채팅형 소설은 앞으로 많은 변화가 있을 것입니다. 그림, 음악, 동영상까지 삽입될 예정입니다. 게임처럼 독자가 결말을 선택해 나갈 수도 있습니다. 그것을 바라는 독자가 있을 것이고 기존의 웹소설을 사랑하는 독자가 있을 것이니 시장은 작가가 선택하면 됩니다.

Q : 집필 시간을 줄일 수 없을까요?

A : 다독과 다양한 콘텐츠를 계속 인풋 하는 방법이 가장 좋습니다. 순발력이 집필 속도에 가장 큰 영향을 미치기에 고민하는 시간을 최소화하려면 가장 적합한 선택을 계속할 수 있어야 합니다. 독자가 기대하는 이미지나 이야기대로 풀어가야 하는 것, 그것이 프로 웹소설 작가가 해야 하는 일입니다.

취미로 시작해 수익 실현까지, 웹소설의 모든 것
억대 연봉 버는 웹소설 창작 수업

초 판 발 행	2023년 02월 10일
발 행 인	박영일
책 임 편 집	이해욱
저 자	브라키오
편 집 진 행	성지은
표지디자인	조혜령
편집디자인	신해니
발 행 처	시대인
공 급 처	(주)시대고시기획
출 판 등 록	제 10-1521호
주 소	서울시 마포구 큰우물로 75 [도화동 538 성지 B/D] 6F
전 화	1600-3600
홈 페 이 지	www.sdedu.co.kr

I S B N	979-11-383-4221-6(13800)
정 가	17,000원

시대인은 종합교육그룹 (주)시대고시기획 · 시대교육의 단행본 브랜드입니다.